# H. CAPADRUTT

# MAX UND DIE LIEBE

Das ist ein Roman. Sämtliche Personen, deren
Namen, Handlungen und Ansichten, die in diesem
Buch vorkommen, sind allein der Fantasie des
Autors entsprungen und haben keinen Bezug zu
lebenden oder bereits verstorbenen Personen.

# H. CAPADRUTT

# MAX
## und *die*
# Liebe

ROMAN

# VORWORT

Max ist, aufgrund einer massiven Auseinandersetzung mit seinem Chef, seit einem Jahr arbeitslos.

Michi, sein achtjähriger Sohn, bekommt eine neue Lehrerin. Am ersten Tag erzählt er am Mittagstisch, was Frau Lehner über Gott gesagt hat. Nämlich, dass er alle Menschen lieben müsse, auch die bösen, weil ja alle seine Kinder seien.

«Dumme Kuh!», knurrt Max und beschliesst, die Frau zur Rede zu stellen.

Eines Abends sitzt er mit seinen Kollegen im Löwen, als die Tür aufgeht und der Kirchenchor das Lokal flutet. Mitten unter ihnen Lea, die neue Lehrerin. Ihr Anblick zieht Max sofort den Boden unter den Füssen weg. Einen Tag später trifft er sie zufällig am Fluss. Er verliert die Beherrschung, sie ohrfeigt ihn. Bei einem klärenden Gespräch im Schulzimmer erliegt Max ihrer Ausstrahlung.

Lea findet schnell heraus, dass Max kein einfacher Mensch ist. Doch etwas an ihm fasziniert sie. Allerdings weiss sie noch nicht, dass er eine Liste angelegt hat mit Namen von Leuten, an denen er sich, weil sie ihn vor oder während seiner Arbeitslosigkeit in irgendeiner Weise beleidigt, verletzt oder herabgewürdigt haben, rächen will.

© 2023  H. Capadrutt
Umschlag, Layout und Satz: HC
Herstellung und Verlag: BoD – Books on Demand, Norderstedt
ISBN: 9 783757 806071

# 1. KAPITEL

I

Montagmorgen, acht Uhr. Die neue Lehrerin öffnet die Tür zum Schulzimmer. Buben und Mädchen begrüssen sie mit Handschlag. Damit sie sich die Namen der Schüler merken kann, hat Frau Lehner eine Powerpoint-Datei mit dem Schema der Zweierpulte und den Namen der Schüler ausgedruckt.

Die Schulstunde beginnt mit einem Lied, das die Kinder an ihren Schöpfer erinnern soll. Daran, dass er immer da ist und jedes noch so unwürdig scheinende Wesen liebt.

Nachdem der letzte Ton verklungen ist, streckt Anouk die Hand in die Höhe.

«Liebt Gott wirklich alle Menschen, ganz egal, was sie tun oder getan haben?»

Die Lehrerin überlegt kurz und antwortet dann:

«Muss er wohl, es bleibt ihm nichts anderes übrig, weil wir ja alle seine Kinder sind!»

«Wirklich alle? Auch gemeine Leute wie Verbrecher, Mörder und Männer, die ihre Frauen schlagen?», ruft Michi.

«Gute Frage, Michi ... Nehmen wir einmal an, du bist erwachsen, hast drei Kinder und eines davon schlägt quer, will nicht lernen, gerät irgendwann mit Drogen in Kontakt, beginnt zu stehlen und kommt ins Gefängnis ... Würdest du es immer noch lieben?»

«So ein Kind werde ich nie haben!», antwortet Michi trotzig.

«Hoffentlich nicht, Michi! Doch es gibt Eltern, die solche Kinder haben. Die meisten hören nie auf, sie zu lieben. Aber es gibt auch welche, die sie verstossen.»

«So wie Adam und Eva von Gott aus dem Paradies vertrieben wurden, nur weil Eva einen Apfel von seinem Baum gegessen hat? Dann liebt Gott Menschen, die noch viel Schlimmeres tun, erst recht nicht, oder?», fragt Anouk.

Die Lehrerin beendet die Diskussion mit den Worten: «Das Thema sprengt den Unterrichtsrahmen. Am besten besprecht ihr das in der nächsten Religionsstunde mit Frau Keller.»

Am Mittagstisch berichtet Michi seinen Eltern, was die Lehrerin erzählt hat. Die Mutter schweigt. Max, der Vater, murmelt: «Blöde Kuh!»


II

Drei Uhr nachmittags. Max stösst die Tür zum Löwen auf und schaut sich suchend um. Am Stammtisch sitzen zwei alte Männer, die Kaffee trinken und ihn neugierig anstarren. Ansonsten ist das Lokal leer.

«Natürlich, alle sind bei der Arbeit. Nur ich habe nichts zu tun ... Wenn ich ein Künstler wäre oder ein Schriftsteller, könnte ich mich als unverstandenes Genie fühlen oder bekäme vielleicht sogar Komplimente für meine Bücher ...», murmelt er vor sich hin und verlässt das Lokal.

Kurz nach dem Verlust seines Arbeitsplatzes vor einem Jahr hat Max eine Liste angelegt. Eine A4-Datei auf seinem Computer mit Namen von Leuten, die ihn irgendwann in irgendeiner Form verletzt, beleidigt oder herabgewürdigt haben.

Sein ehemaliger Chef, die Abteilungsleiterin, Kollegen, Leute vom Dorf. Berater vom Amt, die ihm vorgeworfen haben, sich nicht genug um Arbeit zu bemühen etc.

Eines Tages soll jeder Einzelne von ihnen seine Strafe bekommen, plant Max. Im Moment beschäftigt er sich mit Foltermethoden, speziell mit solchen aus dem Mittelalter wie Streckbank, Pfählen, Blenden usw.

Die Aussage von Michis Lehrerin, dass Gott alle Menschen, ungeachtet ihrer Vergehen, lieben müsse, hat ihm das Gefühl gegeben, dass auch er das sollte. Was ihn massiv geärgert hat. Und zwar deshalb, weil diese Vorgabe ihm die Legitimation auf Rache entzogen hätte. Er, Max, musste gar nichts! Und ganz sicher keine Leute lieben, die – wie die auf seiner Liste – ihn verletzt, gedemütigt oder sogar seine Existenz zerstört hatten!

Max setzt sich an den Computer, gibt in Google den Namen der Lehrerin ein, findet jedoch nicht einmal ein Bild von ihr. Auch Facebook gibt nichts her. Also bleibt ihm nur noch der Stammtisch. Der Ort, an dem alles, was im Dorf vor sich geht, früher oder später analysiert, besprochen, bewertet und weitererzählt wird.

## III

Samstagabend. Viertel nach neun. Seit einer guten Stunde sitzt Max inmitten seiner Stammtischkollegen im Löwen. Es wird gegessen, getrunken und gelacht. Nachdem er sein zweites Bier bestellt hat, wirft er eine Frage in die Runde: «Weiss jemand etwas Näheres über die neue Lehrerin?»

«Wie meinst du das, Max?», fragt Nella während sie ihm das Getränk auf den Tisch stellt.

«Nun, sie hat heute in der Schule erzählt, dass Gott alle Menschen lieben müsse. Versteht ihr? Sie hat gesagt, er MÜSSE alle lieben.»

«Müsse? Wie meint sie das?»

«Weil alle Menschen seine Kinder seien!»

Die Männer begreifen nicht, auf was Max hinaus will.

«Das besprichst du am besten mit dem Pfarrer, Max. Von mir aus kann der da oben tun und lassen, was er will, falls es ihn überhaupt gibt», grinst Andy.

Die Eingangstür wird aufgestossen. Gutgelaunte Männer und Frauen des Kirchenchors fluten das Lokal. Mitten unter ihnen die neue Lehrerin.

«Guten Abend, die Herren», grüsst sie lächelnd zum Stammtisch hin.

Ihr Anblick löst bei Max sofort eine Art Video aus: Lasso schwingend sieht er sich auf einem feurigen Rappen durch die Prärie galoppieren ... Seine Blicke scannen ihre langen Beine, saugen sich an den Hüften fest, gleiten nach oben, über ihre Brust ... Als sich ihre Augen treffen, stellt sich sein Pferd auf die Hinterbeine ... Max fliegt in hohem Bogen auf den harten Prärieboden.

Die Lehrerin weiss nicht, dass der Mann, der sie unverwandt anstarrt, Michis Vater ist. Sie setzt sich, und nachdem sie ihr Getränk erhalten hat, ruft sie: «Zum Wohl allerseits!» in die Runde.

Die Männer am Stammtisch heben begeistert ihre Gläser und prosten lautstark zurück. Nur

Max reagiert nicht. Mit beiden Händen sein Glas umklammernd, starrt er düster vor sich hin.

Andy stösst ihm den Ellenbogen in die Seite.

«Du stehst auf sie, oder?», grinst er hämisch.

Max trinkt sein Bier aus, knallt das leere Glas auf den Tisch, winkt der Bedienung, bezahlt und verlässt den Löwen.

IV

Ida wundert sich, dass ihr Mann an einem Samstagabend so früh nach Hause kommt.

«Was, du bist schon da? Ist etwas passiert? Habt ihr euch beim Jassen gestritten?»

«Ich komme nach Hause, wann ich will, Ida! Da braucht es keinen Streit oder sonst was!», knurrt Max.

Er lässt sich aufs Sofa fallen und zappt ein paar Minuten lang die Sender am TV durch. Dann wirft er die Fernbedienung zur Seite.

«Was ist?»

«Was ist schon, Ida? Dieses Weib war da!»

«Welches Weib?», fragt Ida verwirrt.

«Michis Lehrerin! Sie war im Löwen ...»

«Ach so! Und darum bist du früher nach Hause gekommen? Wegen Frau Lehner? Hast sie denn kennengelernt?»

«Quatsch! Wo denkst du hin. Keiner hat sich getraut!»

Ida bekommt einen Lachanfall.

«Wie? Ihr habt euch nicht getraut? Sieht sie denn so furchterregend aus?»

«Leider nein! Der ganze Stammtisch war hell begeistert von ihrem Auftritt. Diese Dummköpfe!», knurrt Max.

V

Michi und Anouk laufen nach Schulschluss zusammen nach Hause.

Michi tschuttet einen Kieselstein ins Gebüsch.

«Ich finde, Frau Lehner ist etwas seltsam, oder nicht?»

«Ja, vielleicht ... Aber mir gefällt sie!», antwortet Anouk bestimmt.

Anouks weibliche Seite ist bereits stark ausgeprägt. Michi interessiert sich vor allem für technische Dinge. Trotzdem überlegt er, was Anouk an der neuen Lehrerin gefallen könnte.

«Du meinst, sie ist nett?»

«Jaaa, Michi. Mein Vater hat sogar gesagt, sie ist ein geiles Weibsstück.»

«Das hat dein Vater gesagt?»

«Stimmt doch auch, Michi! Und sie ist sexy!»

«Sexy?»

Michi weiss nicht, was das Wort bedeutet. Was ihn im Moment mehr beschäftigt als seine Lehrerin ist das Lego-Tech-Raumschiff, das er von seinem Götti auf den Geburtstag erhalten hat. Unendlich viele Teile müssen zusammengebaut werden. Ohne die Unterstützung seines Vaters schafft er das nicht. Leider ist der im Moment nicht in der Stimmung, ihm zu helfen.

«Papa hat gesagt, Frau Lehner ist eine dumme Kuh!», bricht es unvermittelt aus ihm heraus.

Anouk bleibt abrupt stehen.

«Was? Das hat dein Vater gesagt?»

«Ja, aber ich weiss nicht, warum. Seit er keine Arbeit mehr hat, ist er oft so. Er hat sogar eine Liste gemacht von Leuten, die er nicht mag ...»

VI

Max kann Michis Lehrerin nicht vergessen. Immer wieder spult sich in seinem Kopf die Szene im Löwen ab. Er sieht ihre schlanke Gestalt, die langen Beine in den hautengen Jeans, die Leichtigkeit ihrer Bewegungen. Und immer wieder ihre Augen. Blau, strahlend und gleichzeitig intensiv dunkel. Auf dreissig schätzt er sie, vielleicht auch etwas älter. Ovales Gesicht, schneeweisse Zähne. Kurzhaarschnitt, hellblond, vermutlich gefärbt.

Max nimmt seine Liste zur Hand, checkt die Namen und beschliesst, eine erste Person zu bestrafen. Nur so als Test und mit der Hoffnung, dass er sich danach besser fühlt. Er will mit einem kleinen Vergehen beginnen, mit dem eines ehemaligen Berufskollegen.

Lars hatte, noch während er mit Max zusammenarbeitete, Marlene geheiratet. Nach einem halben Jahr waren Zwillinge auf die Welt gekommen. Ein Bub und ein Mädchen. Lars hatte Max gefragt, ob er die Patenschaft übernehmen wolle. Doch dann, nach dem Streit mit dem Chef und der darauffolgenden Kündigung, hatte er nichts mehr davon wissen wollen, was Max tief verletzt hatte.

Eines Tages liegt eine an Marlene adressierte Ansichtskarte im Briefkasten. Auf der Vorderseite das Bild einer leicht bekleideten Frau, auf der Rückseite ein handschriftlicher Text: *Trau ihm nicht! Er geht fremd mit seiner Ex!*

Marlene zeigt ihrem Mann die Karte. Lars kommt, da Nella tatsächlich immer wieder versucht hat, ihn zurückzugewinnen, in Erklärungsnot.

«Ich bin weg!», schreit Marlene, verstaut die Zwillinge im Auto und fährt zu ihren Eltern. Nach ein paar Tagen ist sie wieder da. Die Lage beruhigt sich. Lars schwört bei allem, was ihm heilig ist, dass er die Beziehung zu seiner Ex endgültig abgebrochen hat. Ganz wohl ist ihm allerdings nicht dabei, denn Nella arbeitet als Serviererin im Löwen. Wenn Lars am Freitagabend mit seinen Kollegen Wochenende feiert, ist es nicht zu vermeiden, dass die ganze Clique irgendwann von ihr bedient wird.

Und so kommt es, dass Max an einem Freitagabend beobachtet, wie Nella sich kurz nach Mitternacht unter der Laterne vor dem Löwen von einem ziemlich betrunkenen Mann verabschiedet.

Max benutzt die Gelegenheit und zückt sein Handy.

Nach ein paar Tagen bekommt Marlene einen Brief. Sie kennt die Handschrift. Böses ahnend reisst sie den Umschlag auf. Als Lars nach Hause kommt, liegt das Hochglanzfoto mit der Abschiedsszene von ihm und Nella zerrissen auf dem Tisch. Marlene und die Kinder sind endgültig weg.

Lars versucht, sie telefonisch zu erreichen, doch Marlene hat seinen Anschluss gesperrt. Als er Nella von dem anonymen Brief erzählt, reagiert sie mit einem Schulterzucken.

# VII

Ein heisser Sommertag neigt sich dem Ende zu.

Lea sitzt auf dem Balkon ihrer Mietwohnung und korrigiert die Aufgaben ihrer Schüler. Bei Michis Heft schweifen ihre Gedanken ab. Sie denkt an seinen Vater, sieht seine Augen, erlebt den Moment wieder, in dem sie wie zwei Magnete zueinander hingezogen wurden.

Lea hat sich informiert und weiss inzwischen, dass Max seinen Chef attackiert und deshalb den Job in der Druckerei verloren hat. Doch das schreckt sie nicht. Die Begegnung mit ihm hat etwas in ihr wachgerufen. Ein Gefühl von Freiheit, von Ausbrechen wollen, von ... Sie kann nicht in Worte fassen, was sich seit dieser Begegnung in ihrem Inneren abspielt.

# 2. KAPITEL

# I

Am Ufer des Flusses, der durch ein von Bergen geschütztes Tal fliesst, sitzt ein Mann. Sein Herz ist in Aufruhr.

*Der Fluss mündet irgendwann ins Meer und verliert dort seine Form, seine Identität,* denkt Max. Er hat einmal gelesen, dass Wasser ein Gedächtnis hat. Schwingungen aufnimmt und absorbiert. *Vielleicht auch meine,* hofft er, wirft noch einen Stein ins Wasser und steigt dann die Böschung hinauf zum Spazierweg, der dem Fluss entlang durchs Tal führt.

Eine Frau kommt ihm entgegen. Max erschrickt. Frau Lehner, Michis Lehrerin. Die Frau, die gesagt hat, dass Gott alle Menschen lieben *müsse.* Max bleibt stehen, dreht ihr den Rücken zu und schaut auf den Fluss hinunter. Hofft, dass sie vorbeigeht. Doch das tut sie nicht.

«Guten Abend!»

«Abend!», knurrt Max, ohne sich umzudrehen.

«Sind sie Michis Vater?»

«Wer will das wissen?»

«Seine Lehrerin.»

Max macht eine Drehung um neunzig Grad.

«Ach so ...»

«Wir haben uns im Löwen gesehen ...»

Maxs Puls beschleunigt sich ... *Und schon sieht er sich durch die Prärie galoppieren.*

«Verdammte Scheisse!»

«Wie bitte?»

«Was sie ihren Schülern erzählt haben!»

Frau Lehners Gesicht läuft rot an.

«Was habe ich denn erzählt?», fragt sie gepresst.

*Max schwingt sein Lasso, doch der Blick der Lehrerin reisst ihn vom Pferd.*

«Verdammt! Nicht schon wieder!», flucht er.

«Was zum Teufel ist los mit ihnen?», schreit Lea.

«Dass Gott alle Menschen lieben *müsse*, haben sie gesagt! Das ist falsch, ganz falsch! Gott kann zu nichts gezwungen werden. Und mich zwingt ohnehin niemand zu irgendetwas. Auch sie nicht, Frau Lehrerin!», brüllt Max.

Jetzt verliert auch Lea die Kontrolle. Blitzschnell schlägt sie Max die flache Hand ins Gesicht.

Max überlegt, ob er zurückschlagen soll ... Doch dann läuft er davon.


II

Am Tag nach Maxs Begegnung mit Lea kommt Michi mit einem Brief nach Hause.

«Von Frau Lehner ...», sagt er.

Max reisst den Umschlag auf: *Wir müssen reden!*
*19.00 Uhr, Zimmer 21, 2. Stock. Lea Lehner.*

«Ist was mit Michi?», fragt Ida.

«Nein!»

«Warum will die Lehrerin dann mit dir reden?»

«Weiss nicht.»

«Soll ich mitkommen?»

«Das schaffe ich noch allein!», knurrt Max und wirft den Brief in den Papierkorb.

Kurz vor neunzehn Uhr steigt er die breite Betontreppe hinauf in den zweiten Stock des Schulhauses, läuft durch den langen Gang und klopft an die Tür mit der Nummer 21. Frau Lehner macht auf.

Lea trägt einen kurzen, roten Jupe, ein schwarzes T-Shirt und keine Schuhe. Sie setzt sich auf den Stuhl hinter dem Lehrerpult und schlägt ihre langen Beine übereinander.

«Tut mir leid wegen der Ohrfeige ... Ich habe überreagiert ...», beginnt sie das Gespräch mit sanfter Stimme.

«Und sie wohl auch, oder?»

Max gibt einen Laut von sich, der sowohl ja als auch nein bedeuten kann.

«Es war ungeschickt von mir, das so zu formulieren ... Dass Gott seine Schöpfung lieben *muss* ...»

Max blickt zum Fenster ...

«Der macht ohnehin, was er will! Ich glaube nicht,

dass er sich für uns interessiert, falls es ihn überhaupt gibt!», stösst er grimmig hervor.

«Das sehe ich auch so. Das Gute ist leider nicht die stärkste Kraft im Universum. Trotzdem denke ich, dass der Schöpfer aus Liebe gehandelt hat ...»

«Und warum hat er dann all das Böse in der Welt geschaffen?»

«Soviel ich weiss, hat diese Frage noch niemand beantworten können. Wieso also wir zwei? Ausserdem ist, was für die einen böse, für andere gut. Zum Beispiel im Tierreich. Für den Löwen ist die Gazelle das Gute, weil ihr Fleisch ihm das Überleben sichert. Für die Gazelle hingegen ist der Löwe das Böse, weil er ihr nach dem Leben trachtet.»

Max stützt sich mit beiden Händen auf das Lehrerpult: «Sie überlegen gerade, wer von uns der Jäger ist, oder?», fragt er lauernd.

Lea errötet leicht, steht auf, geht zur Tür, dreht den Schlüssel, kommt zurück und blickt Max tief in die Augen ... Ihr Parfüm, herb und verführerisch süss zugleich, dazu ihr leicht geöffneter Mund mit den schneeweissen Zähnen, der sich seinem Gesicht nähert, bewirken, dass in Maxs Gehirn ein Kontrollmodul ausser Gefecht gesetzt wird.

«Die Jagd ist zu Ende! Lass uns die Beute teilen, Max ...», flüstert Lea und drückt ihre weichen Lippen auf die seinen.

Eine Sekunde lang will Max seinen Hengst besteigen und davongaloppieren. Doch es ist zu spät. Also reisst er Lea an sich, hebt sie hoch, setzt sie aufs Lehrerpult ... Kurze Zeit später krallt Michis Lehrerin stöhnend ihre langen Fingernägel ins Gesäss seines Vaters ...

## III

Ida ist überrascht, dass Max nach der Besprechung mit Frau Lehner besonders gut gelaunt nach Hause kommt.

«Und? Was wollte die Lehrerin von dir?»

«Hab ihr die Meinung gesagt!», knurrt Max.

«Wie? Warum denn?»

«Wegen dem, was sie in der Schule über unseren Schöpfer erzählt hat.»

«Über Gott? Was hat sie denn über ihn erzählt?», fragt Ida erstaunt.

«Dass er uns alle lieben müsse!»

«Lieben müsse?»

«Genau! Ich habe ihr klargemacht, dass, falls es ihn überhaupt gibt, er so mächtig ist, dass er das freiwillig macht. Niemand kann ihn dazu zwingen, denn das würde bedeuten, dass es jemanden über ihm gibt, dem er gehorchen muss. Und das wäre nur möglich, wenn er nicht der Einzige ist. Aber wie auch immer, ich würde mich sowieso niemals zu etwas zwingen lassen!»

Ida schüttelt lachend den Kopf.

«Max, du bist einfach unglaublich! Immer mit dem Kopf durch die Wand. Kein Wunder, dass du mit deinem Chef aneinandergeraten bist.»

Als Max gegen Mitternacht neben seiner Frau im Bett liegt, schmiegt sie sich an ihn und legt den Kopf auf seine behaarte Brust. Sein Herz schlägt unruhig, so, als ob es aus dem Gleichgewicht geraten wäre. Ida ahnt, dass ihr Mann ein Problem bekommen hat. Eines, das etwas mit dem Besuch bei Michis Lehrerin zu tun haben könnte.

«Ist etwas, Schatz?», fragt sie.

Max atmet tief ein und lange aus ...

«Vielleicht ...», murmelt er.

IV

Am nächsten Tag erklärt Ida, dass sie in die Stadt fahren werde. Zu ihrer Überraschung reagiert Max mit Humor.

«Eine Frau muss tun, was eine Frau tun muss!», versucht er zu scherzen.

Als sie gegangen ist, setzt er sich an den Computer, öffnet seine Blacklist und überlegt, wie er sich an seinem ehemaligen Chef rächen könnte. Nach längerem Nachdenken hat er eine Idee: Er wird ihn indirekt leiden lassen. Über Kai, seinen Sohn, einen arroganten achtzehnjährigen Mittelschüler. Stella ist die Tochter seines Freundes Erwin. Max vermutet, dass sie für Kai nur eine weitere Liebschaft ist, und er sie bald einmal fallen lassen wird. Dann soll er eine Lektion bekommen, unter der sein Vater, seine Mutter, ja seine ganze Familie leiden werden.

V

Ida trifft sich mit ihrer Freundin in einem Café in der Stadt.

Elena ist seit zwei Jahren geschieden. Aus ihr unerfindlichen Gründen ist Kai dem Vater zugesprochen worden, was sie immer noch nicht akzeptieren kann.

Ida hat das ganze Drama der Scheidung miterlebt. In unzähligen Telefonaten hat Elena ihr Leid bei ihr abgeladen. Ida hat zugehört. Geduldig, mitfühlend, hat gelegentlich einen Ratschlag angebracht, es dann aber sein lassen, weil Elena nicht im Traum daran dachte, Selbstverantwortung zu übernehmen.

Sie wollte klagen, jammern, leiden und schob jede Schuld auf ihren Mann.

«Elena, nur damit wir uns verstehen: Ist Stefan fremdgegangen oder du?»

Elena blickt ihre Freundin bitterböse an.

«Willst du mich verarschen, Ida? Das weisst du doch! Mit so einem Mann hält es keine Frau auf Dauer aus. Er war ja nicht nur nie da, auch Sex gab es schon lange nicht mehr!»

«Schon gut, Elena. Jetzt ist es halt, wie es ist. Versuch, mit der Situation klarzukommen. Ich muss es ja auch.»

«Wie? Du? Max ist ja kein so übler Typ ... Ach so, ich verstehe! Du meinst, weil er immer noch keine Arbeit hat? Damit musst du zurechtkommen?»

«Ist nicht so einfach, Elena. Wenn ich nicht wieder auf meinem Beruf arbeiten könnte ...»

Elena zündet sich eine Zigarette an, nimmt ein paar Züge, lässt den Rauch durch die Nase ausströmen, wirft den Kopf mit den langen roten Haaren in den Nacken.

«Falls du irgendwann den Spitalgeruch nicht mehr erträgst, Ida ... Für Frauen wie dich gibt es immer eine Möglichkeit, Geld zu verdienen ... Wir könnten zum Beispiel einen Escort-Service betreiben.»

Ida blickt ihre Freundin erschrocken an.

«Wovon redest du, Elena?»

«Nun, meist benötigt eine Frau einen Auslöser, bis sie so weit ist. Dass dein Mann arbeitslos wurde, war in deinem Fall wohl der Grund, dass du anderswo Trost gesucht hast? Doch was, wenn dein Max dasselbe täte?»

«Max? Niemals! Dafür lege ich die Hand ins Feuer!», ruft Ida aufgebracht, hält sich dann aber erschrocken die Hände vors Gesicht, als sie sich an den Abend erinnert, als Max von der Besprechung mit Frau Lehner nach Hause gekommen war. An seinen unregelmässigen Herzschlag und an das, was er gesagt hatte ...

# 3. KAPITEL

# I

Als Ida spät abends von ihrem Stadtbesuch zurückkommt, sitzt Max auf der Terrasse. Sie fährt das Auto in die Garage, öffnet den Kofferraum und ruft: «Hilfst du mir mit dem Einkauf, Schatz?»

Mit zwei Taschen in jeder Hand steigt Max die Treppe hinauf ins Haus.

Nachdem Ida ihre Einkäufe verstaut hat, setzt sie sich zu ihrem Mann auf die Couch.

«Schaust du mit mir einen Liebesfilm, Schatz?»

«Nein!», raunzt Max und rückt von ihr ab.

«Aber wieso denn nicht?»

«Dieses sentimentale Zeugs nervt mich, darum!»
Ida wechselt ihre Taktik.

«Ich war heute mit Elena beim Kaffee!»

«Mit der Ex von Stefan? Wieso denn? Was wollte sie von dir?»

«Sie hat mir vorgeschlagen, mit ihr zusammen einen Escort-Service aufzumachen, falls mir der Job im Spital zu anstrengend würde.»

«Was? Einen Begleitservice für Männer?»

Max schnellt von der Couch hoch.

«Wie kommt sie nur auf so eine Idee, Ida? Du bist eine seriöse Ehefrau, eine gute Mutter und ...»

Max versagen die Worte. Mit hochrotem Gesicht bleibt er vor seiner Frau stehen.

«Und was noch?», fragt Ida und zieht ihn wieder zu sich auf die Couch.

«Keine Sorge, Schatz. Es ist nur eine Option. Zudem: Ein Begleitservice hat nichts mit Prostitution zu tun. Es geht vor allem darum, Männern kultivierte Gesellschaft zu leisten. Wie weit diese Dienstleistung geht, bestimmt allein die Begleiterin.»

«Scheisse, Ida! Das ist doch nur eine Ausrede. Du weisst so gut wie ich, was bei so einem Service gewünscht wird!»

«Und? Würdest du mir das zutrauen, Max?»

Max schüttelt den Kopf.

«Mein Gott, Ida! Was soll diese Frage? Du denkst doch nicht im Ernst daran, Elenas Vorschlag anzunehmen?»

Ida steht auf und umarmt ihren Mann.

«Ach Maxi. Ihr Männer habt ja keine Ahnung, was wirklich in einer Frau vorgeht, und du vermutlich am allerwenigsten. Aber lassen wir das. Elenas Vorschlag hat mich auf eine Idee gebracht, wie wir unser Liebesleben wieder aktivieren könnten. Lass dich überraschen!»

Ida steht auf und geht ins Bad. Als sie zurückkommt, hat sie sich verwandelt. In ein Wesen, das Max nur aus Erotikfilmen kennt.

«Mein Gott, Ida! Woher hast du dieses Zeugs?»

«Hab ich heute gekauft. Gefällt es dir?»

Ida nimmt Max an der Hand, zieht ihn ins Schlaf-zimmer, stösst ihn aufs Bett ... Max denkt an den Abend mit Lea und beobachtet mit grossen Augen, was seine Frau mit ihm anstellt. Sein Herz schlägt schneller, setzt ein paar Takte aus, wieder ein, be-ginnt zu rasen, hält an ...

Plötzlich geht die Schlafzimmertür auf. Michi steht auf der Schwelle ...

«Mama! Was machst du mit Papa? Hör auf damit!», schreit er verzweifelt.

Als ob Maxs Herz ihn gehört hätte, beginnt es in dem Moment wieder zu schlagen, als Ida zum Höhepunkt kommt. Während sich die Wellen der Lust in ihrem Körper ausbreiten, hört Max durch ihre Schreie hindurch, wie mit einem lauten Knall die Tür ins Schloss fällt.

Als Ida etwas später für einen Gutenachtkuss zu Michi ins Zimmer tritt, verkriecht er sich unter der Bettdecke.

«Hallo, wo ist mein Bub?»

Ida zieht die Decke weg und kitzelt Michi so lan-ge, bis er zu lachen beginnt.

«Lebt Papa noch?», fragt er.

«Natürlich! Wieso fragst du?»

«Weil ihr gekämpft habt, und er so gestöhnt hat, da habe ich gedacht, du machst ihn tot.»

«Mein Gott, Michi! Du hast uns beobachtet?»

Michi nickt.

«Oh nein, das tut mir leid. Wir haben nicht gekämpft. Wir haben Liebe gemacht ...»

«Liebe gemacht? Warum hast du denn so laut geschrien? Und Papa hat fast keine Luft mehr bekommen! Das hat mir Angst gemacht!»

«Ach, Michi. Das tut mir leid. Du bist noch zu klein, um das zu verstehen.»

«Nein, bin ich nicht, ich bin schon acht! Anouk hat mir erzählt, dass ihre Eltern auch Liebe machen, aber nicht so. Sie hat gesagt, sie schmusen und knuddeln sich unter der Bettdecke.»

Ida streicht ihrem Bub liebevoll über die Haare.

«Natürlich, so machen wir das auch manchmal, aber eben auch anders. Weisst du, wenn wir sehr grosse Lust haben, dann ...»

«Dann ziehst du etwas Durchsichtiges an und sitzt auf Papa drauf, bis er keine Luft mehr bekommt? Das muss ich Anouk erzählen.»


II


Es dauert eine Woche, bis Max sich wieder im Löwen blicken lässt.

«Hey Max, warst du krank?», ist das Erste, was er hört, als er ins Lokal tritt.

Er setzt sich an den Stammtisch und murmelt etwas von «verfluchte Grippe!»

«Hattest du Corona?», fragt Gerry misstrauisch.

«Quatsch! Nur eine ganz normale Grippe», knurrt Max ungehalten.

Gerry grinst.

«Hat dich wohl ziemlich mitgenommen, diese Grippe. Oder war es vielleicht deine Frau, die dich so fertig gemacht hat?»

«Wie kommst du auf so eine Idee?»

Gerry grinst noch breiter.

«Na ja, dein Michi hat den gleichen Schulweg wie meine Anouk. Er hat ihr erzählt, dass seine Eltern gekämpft hätten im Schlafzimmer, bis sein Papa keine Luft mehr bekommen habe, und dass die Mutter ihm dann erzählte, dass sie Liebe gemacht hätten. − Ist wohl eine Art Überlebenskampf für dich gewesen, Max ... Hahaahaaa!»

Maxs Gesicht läuft rot an.

«Bei uns läuft eben noch was!», knurrt er.

«Kann ich mir gut vorstellen. Ida war nie ein Mauerblümchen. Ich bin mit ihr zur Schule gegangen, du hast sie erst kennengelernt, als sie schon gross war ...», flachst Andy.

«Was meinst du damit?»

«Na ja, man hört halt das eine oder das andere, wenn man so durchs Dorf läuft ...»

Nella setzt sich zu Max auf die Bank, die den Stammtisch halbseitig umrundet.

«Komm, lass ihn reden, Max. Dein Privatleben geht niemanden etwas an.»

«Neeeiin, natürlich nicht!», maunzt Gerry.

«Auf keinen Fall!», murmelt Andy.

Die Tür geht auf. Lars tritt ein. Mit schnellen Schritten läuft er durchs Lokal. Nella rückt zur Seite, Lars setzt sich zu ihr auf die Bank.

Max sieht sofort, dass die beiden wieder ein Paar sind. Das also hat er zustande gebracht mit seiner Rache-Aktion. Nella hatte ihren Lars wieder, und der schien nicht unglücklich darüber zu sein.

Max starrt vor sich hin, Gerry und Andy auch.

«Was ist? Habt ihr euch gestritten?»

«Nein, gestritten nicht. Gerry und Andy haben nur eine dumme Bemerkung zu Max gemacht», erklärt Nella.

«Eine dumme Bemerkung? Worüber denn?»

Max wirft den beiden Kollegen einen bösen Blick zu.

Nella legt eine Hand auf seinen Arm.

«Komm, Max. Das sind nun mal so Sprüche, die Kollegen manchmal machen. Andy und Gerry sind nur neidisch, weil es bei dir und Ida so gut läuft ...»

Lars versteht nicht.

«Was läuft denn bei euch?», fragt er neugierig.

«Sag's ihm ...», knurrt Max.

«Ok. Gerry hat gesagt, Anouk habe nach der Schule erzählt, dass Michi, der Bub von Max, ihr berichtet habe, dass seine Eltern im Schlafzimmer gekämpft hätten ...»

«Gekämpft?», fragt Lars verwundert.

«Quatsch! Ida und ich hatten Sex. Michi hat im falschen Moment die Schlafzimmertür geöffnet ...»

Lars bricht in ein wieherndes Gelächter aus.

«Das hätte ich euch gar nicht zugetraut. Muss ja ziemlich heiss zugegangen sein ...»

«Bezahlen!», knurrt Max, zieht den Geldbeutel aus der Hosentasche, gibt Nella ein grosszügiges Trinkgeld, steht auf und verlässt den Löwen.

III

Das Herz der Religionslehrerin schlägt ausschliesslich für ihren Herrn. Doch auch ihre Schüler liebt sie über alles. Nachdem die Kinder die ersten drei Strophen von «*Gott ist die Liebe*» gesungen haben, meldet sich Anouk.

«Ja, Anouk?»

«Unsere Lehrerin hat gesagt, dass Gott alle Menschen lieben müsse, weil alle seine Kinder seien!»

«Und ich habe sie gefragt, ob er auch gemeine Leute wie Verbrecher, Mörder und Männer, die ihre Frauen schlagen, liebt?», ruft Michi.

Frau Keller ist etwas verwirrt. Sowohl von Leas Aussage, dass Gott alle Menschen lieben *müsse*, als auch von Michis Frage.

«Also Kinder ...», beginnt sie zögerlich.

«Eben haben wir noch gesungen, dass Gott die Liebe ist. Und weil er das ist, liebt er alle Menschen, natürlich auch Tiere und Pflanzen ... Einfach alles.

Michi lässt nicht locker.

«Und was ist mit den bösen Leuten, mit Verbrechern und so?»

Frau Keller schweigt ein paar Sekunden. Die Kinder warten gespannt auf ihre Antwort.

«Also ... Wisst ihr, so einfach ist das auch wieder nicht. Moses hat von Gott die Zehn Gebote empfangen, an die wir uns halten sollten ...»

«Und was, wenn sich jemand nicht daran hält?», hackt Michi nach.

«Dann sündigt er. Wir wurden alle ja schon in Sünde geboren. Aber Gott liebt uns trotzdem so sehr, dass er seinen eigenen Sohn am Kreuz hat sterben lassen.»

Kurze Zeit ist es still. Dann Michi noch einmal: «Dann hat er seinen Bub aber nicht sehr gern gehabt. So etwas würde mein Papa nie machen.»

Frau Keller erzählt, dass Gott das getan habe, um die Menschen von ihren Sünden zu befreien.

«Ich habe auf jeden Fall keine Sünden, und meine Mama und der Papa auch nicht!», ruft Michi und blickt Beifall heischend in die Runde.

«Michi, ich weiss nicht, ob du das richtig verstanden hast mit der Sünde», meint Frau Keller mit gerunzelter Stirn. Sie beschliesst, seine Eltern zu einem Gespräch einzuladen, um herauszufinden, was mit ihrem Bub nicht stimmt.

Nach der Pause nimmt Frau Keller mit den Kindern die Zehn Gebote durch.

Beim fünften Gebot meldet sich Michi schon wieder: «Im Krieg und auch sonst werden aber immer wieder Leute getötet. Das habe ich im Fernsehen gesehen! Wieso lässt Gott denn all das zu?»

Die Religionslehrerin erzählt, dass die Menschen sich von Gott entfernt hätten, und er ihnen die freie Wahl liesse, ob sie in Sünde leben oder den schmalen Weg wählen wollten, der allein in den Himmel führen würde.

«Warum hat Gott den Weg denn so schmal gemacht, das ist doch gefährlich?», ruft Michi.

Langes Gelächter. Doch Michi lässt sich nicht stoppen. Auch vom sechsten Gebot nicht.

«Wird die Ehe zerbrochen wie ein Stecken, den man übers Knie beugt?»

Frau Keller erklärt, dass das Versprechen, das sich ein Mann und eine Frau bei der Trauung gäben, heilig sei und gebrochen würde, wenn der Mann oder die Frau sich nicht treu seien.

«Zum Beispiel, wenn meine Mama auf einen anderen Mann als auf Papa draufsitzen würde?», fragt Michi.

«Äh ... Ja, vielleicht ...», stottert Frau Keller und wechselt das Thema.


IV

Als Michi am nächsten Tag von der Schule nach Hause kommt, ist nur sein Vater da.

«Wo ist Mama?»

«Bei deiner Religions-Lehrerin», antwortet Max.

«Bei Frau Keller? Wieso denn?»

«Wieso echt? Deinetwegen natürlich. Sie sagte, du habest seltsame Fragen gestellt, und nun will sie wissen, woher die kommen!»

Michi schüttelt den Kopf.

«Ich habe ihr nur gesagt, dass du und ich und Mama keine Sünden haben und dass Gott seinen Sohn nicht gern gehabt hat, weil er hat ihn töten lassen. Und noch, dass du das nie tun würdest, oder Papa?»

Max schlägt die Hände über dem Kopf zusammen.

«Wie kommst du denn auf so etwas, Michi?»

«Und dann habe ich Frau Keller noch gefragt, weshalb Gott den Weg in den Himmel so schmal gemacht hat, weil das doch gefährlich ist, weil man dabei abstürzen kann ...»

Max greift sich an die Stirn.

«Und? Was hat Frau Keller dazu gesagt?»

«Sie hat gesagt, dass die Ehe bricht, wenn Mann und Frau nicht treu sind ... Wenn Mama auf einen anderen Mann drauf sitzt zum Beispiel, dann zerbricht sie die Ehe, hat sie gesagt.»

Max ist klar, dass sein Sohn etwas gründlich missverstanden hat.

«Michi, ich glaube, wir müssen das mit Mama besprechen. Lass uns warten, bis sie nach Hause kommt. Das könnte allerdings etwas dauern.»

# 4. KAPITEL

I

Ida hatte Mühe, nicht laut herauszulachen, als Frau Keller ihr in aufgebrachtem Ton berichtete, was ihr Bub alles erzählt hatte. Da sie jedoch sah, dass die Religionslehrerin ziemlich durcheinander war, antwortete sie: «Oh, das tut mir wirklich leid, Frau Keller. Michi hatte schon immer eine blühende Fantasie. Allerdings ist ein achtjähriges Kind ja auch nicht fähig, solche Dinge richtig einzuordnen.»

Frau Keller war nicht so schnell zu beruhigen.

«Ich frage mich nur, wie er auf solche Gedanken kommt. Was er zum sechsten Gebot gesagt hat, finde ich besonders bedenklich. Wie kommt ein achtjähriges Kind auf so eine Idee? Ich frage mich, ob das nicht amtlich abgeklärt werden sollte.»

Ida verstand nicht, was Frau Keller meinte.

«Wir haben zu Hause nie über die Zehn Gebote gesprochen, auch nicht über das sechste. Wie lautet das überhaupt?»

Frau Keller machte eine verächtliche Kopfbewegung und antwortete spitz: «So, so, dann wundert es mich nicht, was ihr Bub diesbezüglich von sich gegeben hat.»

«Was hat Michi denn diesbezüglich gesagt?», fragte Ida mit bewusster Betonung auf *diesbezüglich*.

Frau Keller bekam einen Hustenanfall. Als sie sich erholt hatte, wisperte sie: «Es fällt mir schwer, es zu erzählen ... Michi hat gefragt, ob, wenn seine Mama – also sie – auf einen anderen Mann als Papa draufsitze, sie dann die Ehe zerbreche? – Können Sie mir erklären, wie ein achtjähriger Bub zu so einer Frage kommt?»

Ida schlug die Hände vors Gesicht.

«Ich sehe, das schockiert sie, Frau Miller. Also hat Michi etwas gesehen, das er, seinem Alter gemäss, nicht hätte sehen dürfen! Falls sie und ihr Mann ihm erlauben oder es nicht verhindern, dass er zu Filmen mit solchen Praktiken Zugang hat, dann muss ich, so leid es mir tut, den Schulrat benachrichtigen!»

Ida schüttelte den Kopf.

«Nein, nein, Frau Keller. So ist das nicht. Wir schauen nicht solche Filme. Michi hat keine Möglichkeit, etwas in der Art zu konsumieren. Es ist ganz anders, es war ein dummer Zufall.»

Die Religionslehrerin runzelte die Stirn.

«Ein Zufall?»

«Es war so: Michi ist von der Schule nach Hause gekommen, als mein Mann und ich im Schlafzimmer waren. Und ja, wir haben uns geliebt und waren wohl ziemlich laut. Michi hat Angst bekommen und die Tür geöffnet ... Er muss mich in dieser Position gesehen haben, eben obenauf ... Ich habe ihm dann später erzählt, dass wir Liebe gemacht hätten, das ist alles. Es war wirklich nur ein dummer Zufall ...»

Die Wangen der Religionslehrerin hatten Farbe bekommen. Ihre Hände bewegten sich über den Tisch, als ob sie wegwischen wollte, was sie gerade gehört hatte.

«Also, wenn das so ist, Frau Miller, dann muss ich sie und ihren Mann bitten, in Zukunft darauf zu achten, dass sie das machen, wenn ihr Sohn in der Schule ist oder schläft. So wie andere Eltern auch! Es kann nicht sein, dass ein achtjähriges Kind sieht, was seine Eltern im Bett treiben, es dann im Religionsunterricht erzählt, wo es die anderen Kinder mitbekommen, die es vielleicht auch noch ihren Eltern weitererzählen. Etwas, das ihren und den Ruf ihres Mannes übrigens noch zusätzlich schädigen könnte, Frau Miller!»

II

Als Ida nach Hause kam, war halb neun Uhr vorbei. Michi schlief tief und fest.

«Und?», fragte Max.

Ida liess sich aufatmend auf die Couch fallen.

Max legte einen Arm um ihre Schultern.

42

«Ach, Max ...», seufzte Ida.

«Diese alte Dame hat mir einen Vortrag gehalten. Sie meint, dass unser Ruf zusätzlich beschädigt werde, wenn die Kinder ihren Eltern berichten würden, was Michi in der Religionsstunde erzählt hat.»

«Wieso zusätzlich?»

«Das habe ich mich auch gefragt ... Vermutlich, weil du keine Arbeit hast. Manche Leute denken immer noch, dass ...»

Max öffnete einen Knopf ihrer Bluse ...

«Nicht! Wenn Michi aufwacht, erzählt er Frau Keller wieder, was wir gemacht haben ... Dann ist unser Ruf vollends im Eimer ...»


III


Michi war überrascht, als sein Vater vor dem Schulhaus auf ihn wartete. Kaum hatte er ihn begrüsst, hörte er Frau Lehners Stimme.

«Hallo Max. Hast du einen Moment Zeit?»

«Eigentlich nicht, ich wollte nur Michi von der Schule abholen», antwortete Max.

«Ist schon gut, Papa. Anouk begleitet mich», rief Michi. Und schon war er weg.

«Also Max, du hast doch Zeit. Ich möchte etwas mit dir besprechen.»

Max lief mit einem unguten Gefühl mit Lea über den Pausenplatz zum Schulhaus. Die Treppe hinauf, durch den langen Gang und ins Schulzimmer.

Seine Befürchtung bestätigte sich. Lea schloss die Tür, schlang die Arme um seinen Hals und flüsterte ihm ins Ohr: «Max, wir bekommen ein Kind. Ich bin so glücklich!»

Max löste sich aus Leas Umarmung.

«Wie kommst du darauf, dass es von mir ist?»

Leas Augen wurden dunkel. Sie fasste Max um die Taille, warf ihn mit einem gekonnten Hüftwurf auf den Boden, setzte sich auf seine Brust und flüsterte: «Es ist von dir, Max! Todsicher!»

Max stöhnte. Sein Rücken schmerzte. Mit grossen Augen starrte er die Frau an, die auf ihm sass. Er erinnerte sich an die Szene im Löwen, an ihre Magie.

Lea schob ihr T-Shirt nach oben, nahm seine Hände, legte sie auf ihre Brüste, beugte sich nieder und öffnete seine Jeans …


IV


Frau Keller hatte vom Schulzimmerfenster aus beobachtet, wie Michi von einem Mann abgeholt wurde. Gross, hager, abgetragene Jeans, schwarzes T-Shirt. Unrasiert, dichte schwarze Haare. Das konnte nur sein Vater sein. Sie hatte mitbekommen, dass er den Job in der Druckerei verloren hatte. Sein Äusseres, zusammen mit dem, was sie über ihn gehört hatte, liessen in ihr das Bild eines unberechenbaren männlichen Wesens entstehen, das in den Schlingen der Sünde gefangen war. Sie schickte ein kurzes Gebet zum Himmel, in dem sie Gott bat, Michis Vater auf den richtigen Weg zu führen.

Als sie die Augen wieder öffnete, sah sie gerade noch, wie Max mit Frau Lehner im Schulhaus verschwand.

Marie Keller war, wenn auch nie verheiratet, nicht ganz ohne Erfahrung auf dem Gebiet der Liebe und der Sünde. Wäre sie im katholischen Glauben aufgewachsen, hätte sie ihr Leben vermutlich als Nonne in einem Kloster verbracht. Als Angehörige einer reformierten Freikirche hatte sie einst Jesus als ihren Retter und Erlöser angenommen, was sie, zusammen mit ihren Glaubensgenossen, von allen Sünden erlöst und vor der ewigen Verdammnis bewahrt hatte. Was ihr seither immer wieder grosse Sorgen machte, war jedoch, dass alle, die ihren Herrn nicht als Erlöser angenommen hatten, für immer verloren waren. So wie Max und Ida und alle Menschen, die im Weltlichen gefangen waren. Leider waren das fast alle in ihrer Umgebung.

Als Max das Schulzimmer verliess, begegnete ihm auf dem Gang zur Treppe eine Frau mit kurzen grauen Haaren, die ihm sofort ihre volle Aufmerksamkeit widmete.

«Guten Abend, Herr Miller. Noch eine Besprechung gehabt?», fragte sie in einem Ton, der Max zeigte, dass sie ahnte, welcher Art seine Besprechung gewesen war.

Er blieb stehen.

«Kennen wir uns?»

«Marie Keller, Michis Religionslehrerin. Ihre Frau war kürzlich bei mir.»

Max drückte ihre Hand. Frau Keller entfuhr ein Schmerzensschrei.

«Oh, sorry!», entschuldigte sich Max.

Frau Keller hatte sich nicht geirrt. Michis Vater war ganz im Weltlichen gefangen. Roh, wild, ungestüm. Zudem hatte er vermutlich eben mit Frau Lehner zusammen schwer gesündigt.

«Ich würde gerne mit ihnen über Michi reden, Herr Miller. Sie wissen ja, um was es geht.»

Max fühlte sich unbehaglich. Er spürte noch Leas Lippen, die Wärme ihres Körpers ... Sein Herz war in Aufruhr, er wusste kaum noch, wer er war ...

«Es dauert nicht lange.»

Frau Keller öffnete eine Tür. Max bewegte sich.

«Bitte nehmen sie doch Platz.»

Die Religionslehrerin schaute ihm mit einem nachsichtigen Lächeln in die Augen.

«Wissen sie, Herr Miller, ich bin zwar nicht mehr so jung wie sie und Frau Lehner, aber ich habe auch meine Erfahrungen gemacht. Liebe, Leidenschaft, Eifersucht, Wut und Ärger, all das ist mir nicht unbekannt. Und ich weiss, was es heisst, zu leiden ... In Sünde zu leben, ja, verloren zu sein.»

«Wir leiden alle, weil es so viele Arschlöcher auf der Welt gibt!», entfuhr es Max.

Frau Keller verstand. Vor ihr sass eine verlorene Seele, ein verirrtes Schaf. Ihr Herz füllte sich mit Liebe. Sie war überzeugt, dass der Herr dieses Treffen arrangiert hatte.

«Sie haben ihre Arbeit verloren. Wir können darüber reden, wenn sie wollen. Gott hat für uns alle einen Plan.»

Max zögerte einen Moment. Mit Gott hatte er noch nie etwas anfangen können. Im Grunde genommen hatte er sogar eine massive Abneigung gegen alles Religiöse.

Frau Keller wartete, lächelte ihm aufmunternd zu. Max fasste Vertrauen und begann zu erzählen: Wie schwer das wäre mit der Arbeitslosigkeit, wie erniedrigend die Jobsuche. Was ihn bedrücke, wer alles ihn verletzt, herabgewürdigt habe. Was Tag und Nacht in ihm gäre: Wut, Frust, Ärger. Und auch, dass er eine Rache-Liste angelegt und bereits jemanden bestraft habe.

Frau Keller richtete ihre Gedanken auf ihren Herrn und hörte schweigend zu.

Je länger das Gespräch dauerte, desto anziehender fand Max Michis Religionslehrerin. Sie musste einmal eine schöne Frau gewesen sein. Und sie war immer noch attraktiv. Gross, schlank, hübsches Gesicht ... Vermutlich um die fünfzig.

Max verabschiedete sich mit den Worten: «Danke, dass sie sich Zeit für mich genommen haben, Frau Keller.»

Dabei hielt er ihre Hand etwas länger als nötig in seiner, was sie zu verunsichern schien.

«Gern geschehen, Herr Miller. Lassen sie ihre Frau und Michi grüssen. Gott segne sie alle!»

Frau Keller schloss die Tür hinter Max, lief zum Fenster und beobachtete, wie er das Schulhaus verliess, in sein Auto stieg und wegfuhr.

# 5. KAPITEL

# I

Als Ida am nächsten Tag bei der Arbeit war, wollte Max ihren Laptop updaten. Doch er wurde zurückgewiesen. *Falsches Passwort oder falscher Benutzername.* Er versuchte es auf gut Glück, doch da war nichts zu machen. Ida hatte ihr Passwort geändert.

«Das gibt es nicht! Sie hat ein neues Passwort!», rief Max.

«Ich kenne es, Papa!»

Max fuhr herum.

«Michi? Ich habe dich gar nicht gehört. Du kennst Mamas Passwort?»

«Ja, ich habe ihr geholfen ...»

Max schaute seinen Sohn bewundernd an.

«Super, Michi! Also, wie lautet es?»

«Das sage ich dir erst, wenn du mir erzählst, was Frau Lehner von dir wollte, Papa.»

Max musste sich entscheiden.

«Das ist Erpressung, Michi, weisst du das? Also gut, ich sag dir, was deine Lehrerin von mir wollte. Aber du musst schwören, dass du keiner Menschenseele etwas davon erzählst.»

Michi hob die Hand: «Ich schwöre!»

«Ok, also es war so. Frau Keller hat Frau Lehner berichtet, was du über uns erzählt hast, und da wollte sie wissen, ob das wahr ist. Sie wollte es von mir hören ...»

«Dass ich Frau Keller gesagt habe, dass ihr Liebe gemacht habt? Was ist denn daran so schlimm?»

Max wiegte den Kopf hin und her.

«Bei den Erwachsenen ist das eben etwas kompliziert mit der Liebe. Sie wollen nicht, dass die Kinder sich zu früh damit befassen.»

«Mein Gott», seufzte Michi.

«Anouk hat gesagt, dass die Erwachsenen manchmal nicht ganz dicht sind ...»

Max zeigte auf die Tastatur.

Michi zögerte.

Max verlor langsam die Geduld.

«Das Passwort! – Bitte!»

Michi war unschlüssig. Wenn er das Passwort verriet, wurde Mama vielleicht böse.

«Ich weiss nicht ... Mama hat gesagt, ich darf es niemandem sagen. Ich habe es versprochen ... Warum fragst du sie nicht selbst?»

«Das verstehst du nicht, Michi. Ich möchte nur ihren Laptop auf den neuesten Stand bringen.»

Michi blickte bekümmert seinen Vater an.

«Ich weiss, du willst sie überwachen, so wie ein Detektiv im Fernsehen, weil ein Mann da war.»

Max fühlte, wie ihm heiss wurde.

«Was für ein Mann, Michi?», fragte er scharf.

Michi wurde unbehaglich zumute. Vielleicht hätte er besser schweigen sollen.

Max fasste Michi an den Armen.

«Raus mit der Sprache!», junger Mann.

Michi blickte auf den Boden.

«Also gut, aber versprich mir, dass du Mama nicht sagst, dass ich es dir erzählt habe.»

«Ich verspreche es, Michi!»

«Als du weg warst wegen Arbeitssuche, da bin ich schon um halb vier von der Schule gekommen, weil eine Stunde ausgefallen ist ...»

«Und dann?»

«Mama hat mit einem fremden Mann in der Küche Kaffee getrunken ...

## II

Samstagabend. Max betritt den Löwen und setzt sich an den Stammtisch, wo neben Gerry, Andy und Lars ein Mann sitzt, den er nicht kennt.

Max knurrt einen Gruss, bestellt bei Nella ein Bier und mustert dann unverholen den Neuen, der ihm schweigend gegenübersitzt und ihn freundlich anlächelt.

*Muss ein Studierter sein*, denkt Max, hebt sein Glas und prostet ihm zu.

«Max!»

«Thomas», sagt der Neue.

«Du bist neu hier?», fragt Max.

«Ja. Bin gerade zugezogen.»

Andy, Gerry und Lars grinsen.

«Was ist?», fragt Max.

«Thomas hat vor ein paar Tagen ein Therapiezentrum im Dorf eröffnet hat. Hast du das nicht mitbekommen?»

«Mein Bub hat mir gerade erzählt, dass ein Mann bei Ida in der Küche war ...», fuhr Max fort.

Thomas lächelte.

«Ah, du bist ihr Mann. Schön, dich kennenzulernen. Ich habe Ida besucht, weil wir uns von der Ausbildung her kennen.»

Max nahm einen Schluck Bier.

«Hast du Familie, Kinder?»

«Ja. Zwei Mädchen, elf und dreizehn. Meine Frau ist Schwedin; sie spricht aber sehr gut Deutsch.»

«Steht alles im Wochenblatt, Max. Müsstest nur wieder einmal die Zeitung lesen», flachste Gerry.

Nah beim Eingang sass ein junges Pärchen an einem Zweiertisch. Sie schienen eine Auseinandersetzung zu haben.

Max spitzte die Ohren.

«Da mache ich nicht mit, Kai.»

Stella mit Kai, dem Sohn von Stefan, seinem ehemaligen Chef?

«Typisch Beamtentochter, Stella. Dir fehlt der Mut, etwas zu wagen. Willst du wirklich nicht mitmachen? Norma wartet schon lange darauf, dich abzulösen.»

«Dann geh halt mit ihr. Du weisst, dass ich keine Drogen nehme. Und darauf läuft diese Party doch hinaus, oder?»

«Mein Gott, Stella! Bist du spiessig! Dann halt nicht!»

Kai warf verärgert einen Geldschein auf den Tisch, stand auf und verliess den Löwen.

«Moment!»

Max war mit ein paar Schritten bei Erwins Tochter.

«Hallo Stella, darf ich mich zu dir setzen?»

Stella wischte sich eine Träne aus den Augen.

«Stella, du weisst, ich bin ein Freund deines Vaters und damit auch deiner. Ich habe gehört, dass Kai dich zu einer Party überreden wollte?»

Stella nickte.

«Ja, leider. Alle machen mit, aber ich kann nicht, weil sie Drogen nehmen. Das mache ich nicht, das habe ich meinen Eltern versprochen.»

«Gute Entscheidung, Stella! Und jetzt: Ist Kai immer noch dein Freund?»

Stella schnäuzte sich die Nase.

«Nein, ich denke, das ist gelaufen. Norma wartet schon lange darauf, mich abzulösen. Vermutlich hat Kai sie auch schon gebumst, alle Mädchen sind verrückt nach ihm.»

«Mach dir nichts draus, Stella. Kai verdient dich nicht. Weisst du, wann und wo diese Party stattfindet?»

## III

Ida lag auf der Couch und schaute einen Liebesfilm im TV, als Max auftauchte. Als Erstes erzählte er ihr, dass er Stella nach Hause gebracht habe, weil Kai, Elenas und Stefans Sohn, sie zu einer Drogenparty habe überreden wollen.

«Erwins Tochter?», fragte Ida erstaunt.

«Genau! Erwin ist der einzige Freund, den ich noch habe. Also werde ich diesem Kai etwas auf die Finger schauen.»

Ida gähnte. Max erzählte weiter.

«Am Stammtisch sass ein Mann, den ich nicht kannte. Ich habe ihm zugeprostet, und er sagte, er heisse Thomas.»

Idas Gesicht verlor etwas Farbe.

«Du weisst, wer dieser Thomas ist, oder?»

«Vielleicht ...»

«Der Leiter des neuen Physiotherapiezentrums im Dorf. Michi hat erzählt, dass du ihm einen Kaffee gemacht hast, weil ihr euch von der Ausbildung her kennt ...»

Ida bekam einen Hustenanfall, sprang auf und verschwand im Bad.


## IV

Max beschloss, dass es Zeit war, Kai eine Lektion zu erteilen. Und das auf eine Weise, dass auch sein Vater, sein Ex-Chef, darunter leiden würde.

Stellas Vater Erwin arbeitete als Ermittler bei der Kriminalpolizei. Max setzte sich mit ihm in Verbindung und erzählte ihm, dass er zufällig eine Unterhaltung zwischen zwei Schülern mitgehört habe, in der es um eine Drogenparty gegangen sei.

Erwin notierte Tag, Zeit und Ort und versichert Max, er werde sich darum kümmern.

«Weisst du, wer die Jungs waren, Max?»

«Der eine war Kai, der Sohn meines Ex-Chefs, der andere ist mir nicht bekannt.»

Stefan war am Freitagabend mit seiner jungen Freundin für ein Wellness-Wochenende in den Süden gefahren und hatte Kai erlaubt, am Samstag im

Lagerraum der Druckerei eine Party abzuhalten. Er hatte ihm eingeschärft, vorsichtig zu sein und nicht zu viel Lärm zu machen. Kai hatte versprochen, dass er alles im Griff haben werde.

Die Party war in vollem Gange, als um elf Uhr abends plötzlich die Tür aufging. Die Polizei fand, was sie suchte. Sämtliche Partyteilnehmer wurden abgeführt und verhört. Als der Morgen graute, lichtete sich der Nebel. Mehrere Mädchen waren geständig und beschuldigten Kai der Drogenbeschaffung.

Als Stefan am Sonntagmorgen mit seiner Freundin im Wellness-Hotel beim Frühstück sass, klingelte sein Handy.

«Kantonspolizei, Drogenfahndung. Guten Morgen, Herr Weiss. Wir haben ihren Sohn Kai am Samstagabend im Lager ihrer Druckerei bei einer Party wegen Besitz und Beschaffung harter Drogen verhaftet. Sie können ihn jederzeit besuchen.»

Wie sich später herausstellte, hatte Kai nicht nur Drogen wie Kokain, Ecstasy-Tabletten und Marihuana für die Party am Samstagabend beschafft, sondern auch damit gehandelt. Dazu kam, dass Olivia, Andys Tochter, ihn beschuldigte, dass er sie zum Drogenkonsum überredet und anschliessend auf der Toilette vergewaltigt habe.

Kais Vater war am Boden zerstört. Ebenso seine Mutter Elena. Der schon durch die Scheidung ramponierte Ruf des Druckereibesitzers hatte eine weitere Delle bekommen.

Stefan besorgte seinem Sohn den besten Anwalt, den er bekommen konnte. Dass Kai Andys Tochter Olivia vergewaltigt hatte, konnte anhand einer medizinischen Untersuchung und einem DNA-Test nachgewiesen werden, was Kai nicht davon abhielt, jede Schuld vehement abzustreiten. Da Aussage gegen Aussage stand, wurde Kai nur wegen gewerbsmässigem Drogenhandel und unerlaubtem Besitz harter Drogen verurteilt. Das Gericht liess Milde walten und verurteilte ihn zu einem Jahr und fünf Monaten unbedingt. Dazu musste er, genauer gesagt sein Vater, die Verfahrenskosten übernehmen.

Rache Nummer zwei war gelungen. Max war sehr zufrieden mit dem Ergebnis.

V

Stefan, der in seiner Druckerei auch das Wochenblatt für die Region druckte, sass in seinem geräumigen Büro hinter dem Schreibtisch. Ihm gegenüber, mit von sich gestreckten Beinen, lümmelte sich ein achtzehnjähriger Drogendealer im Besuchersessel.

«Es geht um mehr als nur um deine Zukunft, Kai! Es geht auch um meine. Um unseren Ruf, das Überleben der Druckerei. Was glaubst du, wie sich das aufs Geschäft auswirkt, wenn bekannt wird, dass mein Sohn ein Drogendealer und Vergewaltiger ist!?»

«War ich nicht, Pa! Olivia hat mich gezwungen! Sie sollte man einsperren!»

«Mein Gott, Kai! Du hast Glück, dass du jetzt nicht im Gefängnis sitzt. Du bist nur auf Bewährung frei. Falls du die Auflagen nicht einhältst oder rückfällig wirst, bist du dran. Verstehst du das?»

Kai schloss gelangweilt die Augen.

«Dein spiessiges Getue kotzt mich an, Pa. Du tust gerade, als ob du nie jung gewesen wärst, als ob du noch nie Scheisse gebaut hättest.»

«Hab ich auch nicht, Kai! Auf jeden Fall nicht in dem Ausmass wie du.»

«Und deine Ehe? Da hast du total versagt! Mam hat gesagt, du wars nie für sie da und für mich warst du das auch nicht.»

«Darum geht es jetzt nicht, Kai. Es geht um deine, um unsere Zukunft», rechtfertigte sich Stefan.

«Meine Zukunft bestimme ich selbst. Vergiss nicht, dass ich volljährig bin. Du hast mir nichts zu befehlen. Ich kann tun und lassen, was ich will, egal, ob du damit einverstanden bist oder nicht.»

## VI

Max sass, zusammen mit Gerry, Andy und Lars, am Stammtisch im Löwen. Das Thema, das die Männer beschäftigte, war für einmal nicht das Liebesleben von Max. Es ging um Kais Drogenparty und um das, was er Olivia angetan haben sollte.

«Natürlich glaube ich meiner Tochter. Es ist eine Schande, dass dieser Lümmel für die Vergewaltigung nicht verurteilt wurde!», knurrte Andy.

«Leider steht Aussage gegen Aussage, Zudem hat es keine Zeugen gegeben», meinte Lars.»

«Vielleicht hat es die gegeben, aber sie haben sich nicht getraut, auszusagen. Immerhin ist Kai für sein aggressives Temperament bekannt. Wenn es meine Tochter wäre, würde ich diesem Jüngling persönlich eine Abreibung erteilen!»

«Du meinst, du würdest ihn bei Nacht und Nebel vermöbeln, Gerry?»

«Da kannst du Gift drauf nehmen, Andy!»

«Ich bin dabei!», knurrte Max.

«Ich auch!», sagte Lars.

# 6. KAPITEL

I

Elena bestellte noch einen Kaffee und zündete die nächste Zigarette an. Die beiden Freundinnen sassen vor ihrem Stammlokal am Bahnhofplatz. Die Sonne schien. Es war Sommer. Alles hätte gepasst, wenn Elena keinen Sohn gehabt hätte, der mit Drogen handelte und vermutlich ein Mädchen vergewaltigt hatte.

«Dass Kai so etwas macht, Ida ... Ich kann es einfach nicht glauben. Vielleicht hat diese Olivia ihn doch verführt ...»

«Hauptsache, er muss nicht ins Gefängnis, Elena. Jetzt ist wichtig, dass er von seinen Eltern etwas Unterstützung bekommt, damit er die Bewährungsauflagen einhalten kann.»

«So wie ich meinen Sohn kenne, wird ihm das schwer fallen, sehr schwer. Ich würde mich nicht wundern, wenn der Sturkopf sich dagegen auflehnt. Er verachtet das bürgerliche Leben, macht sich über Lehrer, Politiker, Institutionen und die Moral der Leute im Dorf lustig.»

«Schade! Er war so ein lieber Kerl, als er noch klein war», sagte Ida.

«Falls er in der Drogenszene Schulden hat, dann hat er ein weiteres Problem. Ich hoffe, dass Stefan ihm aus der Patsche hilft.»

## II

Zwei Wochen nach der Drogenparty traf Kai die Leute von der Drogenszene.

«Du hast Scheisse gebaut! Wir wollen unser Geld!»

Kai hatte es nicht.

«Wir geben dir eine Woche Zeit, dann bist du fällig! Du weisst, was das heisst!»

Kai sass in der Falle. Da die Polizei die letzte Drogenlieferung beschlagnahmt hatte, konnte er nichts mehr verkaufen. Was bedeutete, dass er seine Lieferanten nicht bezahlen konnte.

Seinen Vater um Hilfe zu bitten, das liess sein Stolz nicht zu. Also wandte er sich an seine Mutter.

«Ich habe es geahnt, Kai. Wie viel Schulden hast du denn bei diesen Drogenleuten?», fragte Elena mit grosser Besorgnis in der Stimme.

«Zehntausend würden reichen ...»

Elena seufzte.

«Also gut, ich gebe dir das Geld. Du musst mir aber versprechen, dass du nie, nie, nie wieder mit diesen Leuten Geschäfte machst! Kannst du das?»

Kai nahm seine Mutter in die Arme.

«Danke, Mam, das werde ich dir nie vergessen!»

Elenas Herz füllte sich mit Liebe. Einer Liebe, die alles verzeiht.

# III

Andy, Max und Lars trafen sich am Stammtisch im Löwen. Leider konnten sie nicht ungestört über Kai reden, da sich auch Thomas, der Physiotherapeut, an den Stammtisch gesetzt hatte.

«Wie läuft das Geschäft?», fragte Gerry.

«Für den Anfang ganz gut.»

Max beobachtete Thomas. Tief in seinem Innern hegte er den Verdacht, dass dieser Mann etwas zu verbergen hatte.

«Ida hat gesagt, ihr habt früher einmal zusammen eine Ausbildung gemacht. Wann genau war das?»

Thomas schob sich die Brille mit dem Mittelfinger gegen die Nase.

«Ich glaube, es war vor fünf Jahren an einem Wochenendkurs im Tessin. Da habe ich Ida kennengelernt. Wir haben uns auf Anhieb verstanden. Sie hat mir erzählt, dass sie verheiratet sei und einen dreijährigen Sohn habe.»

«Und? Hast du deine Frau damals schon gekannt?»

«Natürlich. Meine Töchter sind elf und dreizehn. Ora und ich haben vor fünfzehn Jahren geheiratet. Sie ist eine wunderbare Frau. Grosszügig, fröhlich und intelligent. Und wie lange bist du schon mit Ida verheiratet?»

Max musste kurz überlegen. Michi war acht, also mussten es zehn Jahre sein.

Gerry lachte lauthals.

«Max hat vergessen, wie lange er schon in Gefangenschaft ist. Gut so, dann merkt er nicht, dass er lebenslänglich bekommen hat, hahahaha ...»

«So schlimm scheint es nicht zu sein. Wie wir erfahren haben, geht es in diesem Gefängnis ja ziemlich heiss zu und her ...», flachste Andy.

Max fühlte, wie ihm das Blut in den Kopf schoss.

«Wie meinst du das, Andy?», fragte er.

«Nun, wie Michi erzählt hat, scheint Ida eine besonders aufgeschlossene Frau zu sein. War das auch so, als du sie in diesem Kurs kennengelernt hast, Thomas?», fragte Andy.

Thomas gab keine Antwort. Er rief Nella, bezahlte und verliess den Löwen.

«Also, dann zum Fall Kai, Kollegen! Seid ihr immer noch dabei?», fragte Andy und blickte seine Stammtischbrüder herausfordernd an.

Max war mit seinem Handy beschäftigt. Lars, der neben ihm sass, stiess ihm den Ellenbogen in die Seite, was dazu führte, dass Max erschrak und ihm das Handy aus der Hand fiel. Lars fing es auf, erhaschte dabei einen kurzen Blick auf die Fotos, die Max durchgescrollt hatte, und erstarrte ...

«Moment mal, Max!»

Max wurde bleich. Was Lars auf seinem Handy entdeckt hatte, war das Foto mit der Abschiedsszene vor dem Löwen, das er Marlene geschickt hatte, um sich an seinem Kollegen zu rächen.


IV


Kai trug das Geld in der Innentasche seiner schwarzen Lederjacke. Treffpunkt: Bahnhofparkplatz. Zeit: Dreiundzwanzig Uhr. Kai zu Fuss. Seine *Geschäftsfreunde* zu dritt in einem schwarzen Oldtimer.

Während Kai im Dunkeln zum Bahnhof lief, war ihm, als hörte er die Stimme seiner Mutter: *Pass auf, Kai. Diese Typen sind nicht sauber!*

Kai blieb stehen. Etwa fünfzig Meter entfernt parkte mit Abblendlicht der schwarze Pontiac. Ein Mann stieg aus, lehnte sich an den Kotflügel und zündete sich eine Zigarette an.

Kai wartete. Der Fahrer liess den linken Arm aus dem Seitenfenster hängen, in der Hand hielt er eine Pistole ...

Kai fühlte, wie ihm heiss wurde. Jetzt verstand er die Warnung. Durch seine Verurteilung war er für die Drogenlieferanten zu einer Gefahr geworden. Sie wollten nicht nur das Geld ... Sie wollten ihn verschwinden lassen, damit er nicht gegen sie aussagen konnte.

Kai machte kehrt und rannte zurück ins Dorf. Neben dem Löwen stand eine uralte Linde. Kai setzte sich auf die Bank darunter, zog sein Handy aus den Jeans und wählte den Polizeinotruf.


## V

«Du warst das, Lars! Du hast meine Ehe zerstört! Du bist schuld, dass ich meine Kinder nur zwei Mal im Monat sehen kann!», schrie Lars und schlug Max die Faust ins Gesicht

Nella kam angerannt: «Was ist denn los, Lars? Warum hast du Max geschlagen?», schrie sie.

Max überlegte, ob er zurückschlagen sollte.

Andy und Gerry hatten keine Ahnung, weshalb Lars auf Max losgegangen war. Nella versuchte, ihren Freund zu beruhigen.

«Was ist denn los mit dir, Schatz?», rief sie.

Lars zitterte vor Wut und Entrüstung.

«Er war es. Max. Er hat das Foto von uns gemacht und Marlene geschickt. Er hat meine Ehe zerstört...», flüsterte er mit heiserer Stimme.

Plötzlich waren alle Blicke auf Max gerichtet. Am liebsten wäre er im Erdboden versunken. Seine Rache-Aktion war brutal gescheitert. Auf der ganzen Linie. Mit dem Taschentuch auf die Nase gepresst eilte er zum Ausgang.

«Ja, geh nur! Du bist erledigt, Max!», war das Letzte, was er hörte, bevor die Tür hinter ihm ins Schloss fiel.


## VI

Einen Augenblick blieb Max vor dem Lokal stehen. Wusste, dass er zum letzten Mal im Löwen gewesen war. Keine Freunde mehr hatte, ausser vielleicht noch Erwin.

Als er zum Auto lief, hörte er eine Stimme, die er kannte.

«Es ist dringend! Sie sind zu dritt. In einem schwarzen Pontiac. Ja, sie sind bewaffnet ...»

«Kai? Was machst du hier?»

«Die Drogendealer. Sie wollen mich umbringen, damit ich sie nicht belasten kann!»

Max verstand. Seine zweite Rache-Aktion kam auf ihn zurück. Zum Glück wusste Kai das nicht.

«Komm, ich fahre dich nach Hause.»

Kai lief mit Max zu seinem alten Mercedes, stieg ein und schnallte sich an. Max fuhr los.

«Sie bluten ja, was ist passiert?», fragte Kai.

Max schüttelte den Kopf.

«Ich habe bekommen, was ich verdient habe.»

«Wie meinen sie das?», fragte Kai.

«Ach, weisst du Kai. Es ist wie beim Jassen. Ob man gute oder schlechte Karten bekommt ist nicht so wichtig. Was zählt ist, wie man damit umgeht. Ich habe eins auf die Nase bekommen, weil ich zu hoch gepokert habe. Besser gesagt, ich habe mit gezinkten Karten gespielt.»

«Und woher kennen sie mich?»

«Kannst mich duzen, Kai. Ich bin Max. Bis vor einem Jahr habe ich bei deinem Vater gearbeitet, dann hat er mich rausgeschmissen ...»

«Nein, wirklich. Dieser Scheisskerl! Und wieso hat er das getan?»

«Ganz einfach. Wir waren nicht gleicher Meinung über eine Kundenreklamation ... Dein Vater hat mir die Schuld gegeben. Ich bin ausgerastet und habe ihm eine geknallt!»

«Nein! Echt? Du hast meinen Alten geschlagen? So geil! Da wäre ich gerne dabei gewesen!»

Kai klopfte Max anerkennend auf die Schulter.

«Und jetzt? Bist du arbeitslos?»

«Ja, leider immer noch. Zum Glück kann meine Frau wieder auf ihrem Beruf arbeiten. Sie ist übrigens die beste Freundin deiner Mutter ...»

Kai staunte.

«Ich glaub es nicht! Ida ist deine Frau?»

Max tupfte sich die Nase ab. Sein Taschentuch war blutgetränkt.

In der Ferne ertönten Polizeisirenen, die schnell näher kamen.

«Ja! Verhaftet diese Bande!», rief Kai.

«Ich weiss Bescheid über deine Drogenparty und auch über das mit Olivia ...», sagte Max.

Kai legte die Hand auf den Türgriff.

«Das war ich nicht, Max. Olivia hat mich verführt, als ich high war. Sie hat mich in die Toilette geschoben und die Tür zugemacht ... Ich kann mich nicht erinnern, was danach passiert ist ...»

Plötzlich ging Max ein Licht auf. Natürlich. Stella, Norma und andere Mädchen, alle hatten Kai gewollt und vermutlich auch bekommen. Nur Olivia, Andys unscheinbare Tochter, nicht. Deshalb hatte sie die Gelegenheit benutzt, um sich an ihm zu rächen.

«Keine Angst, ich glaube dir. Ich werde mit Olivia reden. Würde mich nicht wundern, wenn sie mir die Wahrheit erzählt.»

«Danke, Max. Kannst mich da vorn rauslassen!»

Max hielt an.

Kai öffnete die Beifahrertür und stieg aus.

«Danke, Max! Wir sehen uns!»

70

# 7. KAPITEL

I

Nella arbeitete seit bald zehn Jahren als Serviererin im Löwen und hatte schon alle möglichen Beziehungsdramen, Verlobungs-, Hochzeits-, Geburtstagsfeiern, Taufen und Todesfälle erlebt. Sie liess sich nicht so schnell aus der Ruhe bringen.

Nachdem Max verschwunden war und Lars sich etwas beruhigt hatte, führte Nella ihn in einen Nebenraum und drückte ihn auf einen Stuhl.

«Ich nehme an, du gehst nun wieder zu deiner Ex zurück, zu deinen Kindern? Jetzt, wo du Marlene erzählen kannst, dass du sie damals nicht mit mir betrogen hast?»

Lars schaute Nella mit grossen Augen an.

«Tut mir leid, Nella. So war das nicht gemeint. Ich habe mich von Max einfach total verarscht gefühlt!»

Nella blickte ihren Freund traurig an.

«Und wenn Max Schicksal gespielt hätte? Was dann? Musst du ihm nicht dankbar sein, dass er uns zusammengeführt hat? Oder bist du nur mit mir zusammen, weil dich Marlene verlassen hat?»

«Nein, nein, Nella ...», stammelte Lars. «So ist das nicht. Wir hatten ja wirklich ein Verhältnis, von dem Marlene nichts wusste ... Tut mir leid ...»

«Genau! So war das Lars! Ich war dir gut genug als Geliebte, doch deine Ehe wolltest du nicht aufs

Spiel setzen. Dazu warst du zu feige. Und nun, da du herausgefunden hast, dass Max dir geholfen hat, dich für mich zu entscheiden, schlägst du ihm die Faust ins Gesicht!»

Lars war bleich geworden. In seinem Innern lief ein Drama ab. Marlene, die Kinder, die Scheidung, Nella ... Max, aus der Nase blutend ... Alles stürzte wie eine riesige Meereswelle über ihm zusammen, nahm ihm den Atem ...

«Ich frage mich schon die ganze Zeit, weshalb Max Marlene dieses Foto geschickt hat. Ihr wart doch Freunde, oder nicht, Lars?», fragte Nella.

Lars griff sich an die Brust. Ein stechender Schmerz liess ihn aufschreien. Nach Luft ringend, versuchte er, aufzustehen, doch er schaffte es nicht.

Hilfe! Lars braucht einen Arzt!», schrie Nella.

Kurze Zeit später war die Rettung da. Lars wurde auf eine Bahre geschnallt und in die Notaufnahme gefahren.

Gerry und Andy schauten dem Krankenwagen nach, bis er verschwunden war.

«Das schaffen wir auch zu zweit, das mit Kai, oder?», fragte Andy.

«Kein Problem!», sagte Gerry.

Als Max in den nächsten Gang schaltete, warf er einen Blick in den Rückspiegel.

Im Scheinwerferlicht eines entgegenkommenden Autos sah er Kai nach Hause laufen. Plötzlich hielt der Wagen an. Zwei maskierte Männer sprangen heraus und begannen, auf Kai einzuschlagen.

Max hämmerte die Faust auf die Hupe, wendete und fuhr mit Vollgas und aufgeblendeten Scheinwerfern auf die Maskierten zu. Die Männer liessen von Kai ab, stiegen ins Auto, das mit laufendem Motor auf der Strasse stand, und rasten davon.

Max kniete sich zu Kai auf den Boden.

«Bist du verletzt? Komm, ich helfe dir auf!»

Kai hatte eine Platzwunde an der Lippe.

«Scheisse! Was war denn das!», fluchte er.

«Hast du diese Männer erkannt?», fragte Max in der Hoffnung, dass das nicht der Fall war.

«Nein, aber der eine hat geschrien: Das ist für das, was du Olivia angetan hast!»

Max begleitete Kai bis vors Haus.

«Willst du ..?»

«Danke, besser nicht. Ich möchte nicht schon wieder eins auf die Nase bekommen ...»

# III

Gerry schlug die Faust aufs Lenkrad.

«Verdammte Scheisse! Wer war denn das?»

Andy gab keine Antwort.

«Hast du den Mann erkannt, sein Auto?»

«Ich fürchte ja ...», murmelte Andy.

«Und? Wer war es?»

«Es war Max ...»

Gerry lenkte das Auto in eine Einfahrt und hielt an.

«Was? Wie kommt denn Max dazu, Kai zu ..?»

Andy zuckte mit den Schultern.

«Weiss auch nicht ... Vielleicht ist er ihm auf dem Nachhauseweg begegnet ...»

«Und wieso denkst du, dass er uns erkannt hat?»

«Ich habe zu Kai gesagt, dass ...»

Gerry erschrak.

«Du hast was gesagt?»

«Dass das für Olivia ...»

«Scheisse, Andy!»

«Ich weiss, Gerry. Das war dumm von mir, aber es ist mir in der Rage einfach so herausgerutscht.»

«Und jetzt? Was machen wir?»

Gerry startete den Motor und fuhr weiter.

«Erst einmal bewahren wir Ruhe. Dann kontaktieren wir Max ...»

Ida erschrak, als sie sein Gesicht sah.

«Mein Gott, Max, du blutest ja! Bist du in eine Schlägerei geraten? Komm, lass sehen ...»

«Ach, halb so schlimm», knurrte Max.

«Nein, nein, Max. So kommst du mir nicht davon. Du erzählst mir jetzt sofort, wie das passiert ist, sonst rufe ich die Polizei!»

«Keine schlechte Idee, Ida!»

Max nahm sein Handy und wählte den Polizeinotruf.

Nach zwanzig Minuten fuhr ein Auto vors Haus. Eine Polizeibeamtin um die vierzig und ein junger Kollege standen vor der Tür.

«Sie sind verletzt?», fragte die Frau.

Max zögerte mit der Antwort.

«Das sieht man doch, dass mein Mann geschlagen worden ist. Sehen sie seine Nase an, und sein Auge ist auch geschwollen!», jammerte Ida.

«Wir möchten die Antwort von ihrem Mann hören. Also, Herr Miller: Sie haben uns am Telefon erzählt, dass sie verletzt wurden, als sie die beiden Männer in die Flucht geschlagen haben ...»

Die Version der Polizistin entsprach nicht den Tatsachen, doch sie war besser als die Wahrheit. Also antwortete Max: «Ja, genauso war es!»

«Ok! Sie haben, da sie ja nicht wissen konnten, ob die beiden Entführer bewaffnet waren, ihr Leben aufs Spiel gesetzt, um diesen Jungen zu retten! Warum haben sie danach nicht sofort die Polizei gerufen?»

Max gab keine Antwort.

«Max! Was ist los mit dir? Sag doch, wer der Junge war!», bettelte Ida.

Die Beamtin schob sie energisch zur Seite, nahm Max am Arm und erklärte: «Wir nehmen ihren Mann zwecks genauer Abklärung mit auf den Posten, Frau Miller!»

Ida wollte protestieren, doch Max war einverstanden. Was er zu sagen hatte, musste seine Frau nicht unbedingt eins zu eins erfahren.


V


Auf dem Polizeiposten erzählte Max, dass er den jungen Mann kenne, es vor Ida aber nicht habe zugeben wollen, weil er der Sohn ihrer Freundin sei.

Kai war der Polizei bekannt. Und so dauerte es nicht lange, und er sass mit Max zusammen im Vernehmungsraum.

Max war erfreut, als Erwin eintrat und sich ihm gegenüber an den Tisch setzte.

«Erwin! Das ist ja eine Überraschung ...»

«Hallo Max, grüss dich Kai. Man hat mich gebeten, die Vernehmung zu führen, weil ich Kais Fall bearbeitet habe.»

«Das mit Olivia war ich nicht, Herr Dreher! Sie hat mich verführt, als ich high war ... Max, sag ihm, wie es abgelaufen ist!», bat Kai.

Erwin runzelte die Stirn.

«Erwin, ich glaube ihm das, Olivia hat sich gerächt, weil er sie nicht beachtet hat ...»

«Und wie bist du zu dieser Überzeugung gekommen, Max?»

«Ganz einfach, weil Kai es nicht nötig hat. Die Mädchen sind ihm nachgelaufen. Er konnte jede haben, nur Olivia hat ihn nicht interessiert. Und ausgerechnet sie soll er vergewaltigt haben?»

«Olivia ist wirklich nicht die Frau, die einen Mann anmacht, wenn sie verstehen, was ich meine ...»

Erwin Dreher räusperte sich. Er wusste, worauf Kai anspielte. Andys Tochter war alles andere als eine Schönheit.

«Ok, dieser Fall ist ja bereits abgeschlossen. Jetzt aber zum aktuellen Fall: Max, erzähl, wie der Überfall auf Kai abgelaufen ist.»

Max schilderte, wie er die beiden Maskierten vertrieben und sich dann anschliessend um Kai gekümmert habe.

«Und dabei hast du eins auf die Nase bekommen?», fragte Erwin.

«Ja genau.»

Erwin wandte sich zu Kai.

«Und wie hast du den Überfall erlebt, Kai?»

«Ein Auto kam mit aufgeblendeten Scheinwerfern auf mich zu, stoppte, zwei maskierte Männer stiegen aus und schlugen auf mich ein. Als ich am Boden lag, schrie der eine: Das ist für Olivia!»

«Hast du das auch gehört, Max?»

Max nickte. Ihm war von Anfang an klar gewesen, wer die Täter waren.

«Und? Was schliesst du daraus, Max?»

«Ich denke, es war Andy. Er wollte Kai eine Lektion erteilen.»

«Und wieso weisst du das so genau, Max?»

«Ich habe es am Stammtisch mitbekommen.»

Erwin hob die Arme und liess sie wieder fallen.

«Dann ist der Fall ja bereits gelöst. Und wer von den beiden hat dich geschlagen, Max?»

Max wusste nicht, dass Lars nicht dabei war. Und so sagte er : «Ich denke, es war Lars. Er hat die Gelegenheit benutzt, um ...»

Erwin runzelte die Stirn.

«Warst du, bevor du Kai nach Hause gefahren hast, mit Lars, Andy und Gerry im Löwen?»

«Ja, war ich ...»

«Und? Hatten du und Lars vielleicht eine kleine Meinungsverschiedenheit?»

«Ich habe gesehen, wie Max, mit dem Taschentuch vor dem Gesicht, aus dem Lokal gekommen ist. Da hat er also schon geblutet», sagte Kai.

«Stimmt das, Max?», fragte Erwin scharf.

«Ok. Es war so, wie du vermutet hast ... Lars und ich haben uns gestritten ...»

Die Tür öffnete sich. Die Polizistin, die Max auf den Posten mitgenommen hatte, winkte Erwin zu sich. Als er wieder hereinkam, sah Max an seinem Gesichtsausdruck, dass er Bescheid wusste.

«Max, was dich betrifft, ist der Fall abgeschlossen. Dein Privatleben geht uns, ausser es gäbe eine Anzeige wegen heimtückischer Fehlinformationen, die eine Ehe zerstört haben, nichts an. – Und Kai: Falls du Anzeige erstattest, werden wir die beiden Männer verhaften. Es liegt an dir.»

«Ich verzichte auf eine Anzeige, wenn Olivia zugibt, was sie getan hat», erklärte Kai.

VI

Am Montag Morgen wartete Michi auf Anouk. Als sie endlich auftauchte, war es zehn Minuten vor acht Uhr.

«Komm, Anouk, wir kommen zu spät!»

Michi wollte losrennen, doch Anouk blieb stehen.

«Anouk, komm!», rief Michi und rannte die Strasse hinunter zum Schulhaus.

«Wo ist Anouk?», fragte Frau Lehner, als Michi sich in die Bank setzte.

«Ich habe ihr gesagt, wir müssen uns beeilen, doch sie wollte nicht ...», keuchte Michi.

Lea warf einen Blick aus dem Fenster. Langsam, als ob sie alle Zeit der Welt hätte, schlenderte Gerrys Tochter über den Schulhausplatz.

«Anouk ist unterwegs. Vielleicht kann sie uns erklären, weshalb sie zu spät kommen will.»

Es dauerte ganze fünf Minuten, bis langsam die Tür aufging. Mit gesenktem Kopf lief Anouk zu ihrem Platz und setzte sich widerstrebend zu Michi in die Bank.

«Guten Morgen, Anouk. Wir freuen uns, dass du doch noch gekommen bist, oder Kinder?»

«Jaaaaa!», rief die ganze Klasse.

Anouk verschränkte trotzig die Arme.

«Ich freue mich aber nicht, Frau Lehner! Auf jeden Fall nicht, wenn ich neben Michi sitzen muss!»

Ein Raunen ging durch die Klasse.

«Spinnst du, Anouk. Wir sind doch immer zusammengesessen, von der ersten Klasse an!», rief Michi erbost.

Frau Lehner bat Anouk, nach vorn zu kommen.

«Anouk, kannst du uns erklären, weshalb du nicht mehr neben Michi sitzen willst?», fragte sie sanft.

«Weil ..., weil ...»

«Weil was geschehen ist?»

«Mein Papa hat gesagt, Michis Papa ist ein Charakterlump, weil er hat eine Ehe kaputtgemacht, und er will nichts mehr mit ihm zu tun haben ...»

# 8. KAPITEL

I

Michi kam mit einem Brief nach Hause.

«Für dich, von Frau Lehner ...», sagte er.

«Oh, noch ein Brief von Frau Lehner», spottete Ida. Max riss den Umschlag auf: *Wir müssen reden. Es geht um Michi. Vielleicht bringst du deine Frau mit? – Gruss Lea.*

Als Lea die Schulzimmertür öffnete, stand neben Max eine attraktive, schlanke Frau mit modischer Brille. Sie trug alte, verwaschene Jeans und ein weisses T-Shirt.

Lea reichte Ida die Hand: «Hallo, ich bin Lea, freut mich, dass du gekommen bist, Ida. Hallo Max.»

Ida setzte sich neben Max auf einen Stuhl, verschränkte die Arme vor der Brust und fragte: «Also, Lea, was gibt es für ein Problem mit Michi? Hat er wieder erzählt, wie seine Eltern Liebe machen?»

Lea wurde etwas verlegen, fing sich aber schnell.

«Nein, diesmal geht es um etwas, was Max in ein schlechtes Licht rückt.»

«Das wundert mich nicht, das habe ich fast erwartet! Vor zwei Tagen ist er mit blutender Nase und einem geschwollenen Auge nach Hause gekommen und musste sogar mit der Polizei auf den Posten, hat mir aber nicht gesagt, was geschehen ist.»

Lea fuhr fort: «Anouk, Gerrys Tochter und Michis Freundin, wollte heute Morgen plötzlich nicht mehr neben ihm sitzen, weil ihr Vater gesagt haben soll, Max sei ein Charakterlump, weil er eine Ehe zerstört habe ...»

Ida schnellte hoch, fasste Max am Arm und schrie: «Was hast du wieder angestellt? Vor einem Jahr hast du deine Arbeit in der Druckerei verloren und jetzt auch noch eine Ehe zerstört! Wessen Ehe denn und warum?»

Max gab keine Antwort.

Lea erzählte weiter, dass Max der Frau von Lars, anonyme Briefe und Fotos geschickt habe, die ihn beim Küssen mit Nella zeigten.

«Marlene musste glauben, dass ihr Mann sie betrügt, und so hat sie sich scheiden lassen ...»

«Mein Gott? Was ist nur in dich gefahren, Max? Ich fass' es nicht!»

Ida, lief zur Tür, riss sie auf, blickte kurz zurück, schüttelte den Kopf und war weg.

Lea zog Max vom Stuhl hoch, schloss ihn in die Arme und flüsterte ihm ins Ohr: «Max, unser Kind braucht einen Vater, ganz egal, was er angestellt hat. Falls Ida dich rauswirft, ich bin immer für dich da. Für dich und unsere gemeinsame Tochter. Hast du dir schon über einen Namen Gedanken gemacht?»

Als Max nach Hause kam, war fast Mitternacht. Ida lag schlafend auf der Couch. Um sie nicht zu wecken, schlich er die Treppe hinauf ins Schlafzimmer, zog sich aus und legte sich ins Bett. Bevor er das Licht ausmachte, warf er noch einen Blick aufs Handy. Eine WhatsApp von Andy: *Max, wir müssen uns treffen. Dringend! Morgen Abend im Löwen. Andy und Gerry.*

Max konnte es nicht glauben. Eben hatte er noch gehört, dass seine Kollegen ihn nie mehr sehen wollten, und nun sollte er sich am nächsten Tag bereits wieder mit ihnen im Löwen treffen.

Max wählte Andys Nummer und liess es so lange läuten, bis er sich meldete.

«Max! Morgen Abend im Löwen habe ich geschrieben, nicht heute um Mitternacht … Aber gut, mir soll's recht sein, besprechen wir das am Telefon, ist vielleicht besser so.»

«Und? Was willst du mit mir besprechen, Andy?»

«Max, wir wissen beide, was geschehen ist.»

«Du willst wissen, weshalb ich Kai vor euch gerettet habe, Andy, oder?»

«Ja, genau. Aber vor allem müssen Gerry und ich wissen, ob Kai etwas gegen uns unternehmen will. Falls er uns denn überhaupt erkannt hat …»

«Er nicht, aber ich. Du hast dich ja als Olivias Vater geoutet. Und jetzt hör genau zu, Andy: Nicht Kai hat Olivia vergewaltigt, sondern sie ihn. Wenn man das in so einem Fall überhaupt sagen kann. Ich schlage vor, du redest mit deiner Tochter einmal Tacheles. Übrigens: Kai und ich waren bei der Polizei. Erwin hat uns vernommen. Er weiss über alles Bescheid, will aber zuerst mit dir und Olivia unter vier Augen reden. Wenn sie zugibt, dass sie Kais Drogenrausch ausgenutzt hat, dann verzichtet er auf eine Anzeige.»

«Scheisse! Scheisse! Scheisse!», fluchte Andy.

«Ich kann es nicht glauben, aber ich werde mit Olivia reden. – Übrigens, Max: Lars ist im Spital. Eine halbe Stunde nach deinem Abgang hat er einen Herzinfarkt bekommen.»

Max wünschte Andy eine gute Nacht, schaltete das Handy aus, löschte das Licht und versuchte, einzuschlafen. Doch es gelang ihm nicht. In seinem Kopf liefen mehrere Filme ab. Kaum war der eine zu Ende, übernahm der nächste, dann der übernächste, und wenn alle durch waren, fing die Vorstellung wieder von vorne an: Die Szene im Löwen mit Lars, die Nachricht von seinem Herzinfarkt. Kai und die Vernehmung bei der Polizei. Das Gespräch bei Lea mit Ida und Leas liebevolle Zuwendung, als sie gegangen war.

«Olivia, wir müssen reden!», sagte Andy zu seiner Tochter, als sie vom Gymnasium nach Hause kam.

Olivia hatte keinen Bock drauf.

«Keine Zeit, ich muss gleich wieder weg ...», und schon war sie in ihrem Zimmer verschwunden.

Andys Frau kam aus der Küche.

«Was willst du denn mit ihr besprechen, Andy?»

«Es wäre möglich, dass unsere Tochter nicht die Wahrheit gesagt hat ...»

«Wie meinst du das?», fragte Rita.

«Kai war in seinem Zustand gar nicht in der Lage, sie zu vergewaltigen», vermutet Erwin.»

«Wie? Was erzählst du da? Die DNA-Analyse hat doch bestätigt, dass ...»

«Leise, Rita! Olivia muss das nicht hören.»

Andy zog seine Frau in die Küche.

«Ich muss dir etwas beichten, Rita. Ich wollte Kai eine Lektion erteilen ... Gerry hat mir geholfen. Wir haben den Bengel abgefangen und ihm ein paar Schläge verpasst, doch dann tauchte plötzlich ein Auto auf. Dummerweise habe ich gerufen, dass das die Strafe für Olivia sei ...»

Rita wurde bleich.

«Was? Ihr habt Kai verprügelt? Seid ihr noch bei Trost?»

«Ich weiss, es war ein Fehler ... Aber ...»

«Das war mehr als nur ein Fehler, Andy. Das könnte euch ins Gefängnis bringen! Ich kann nicht glauben, dass du so etwas gemacht hast ...»

«Das Problem ist, dass der Mann, der Kai geholfen hat, ein Bekannter ist ...»

«Auch das noch! Und er hat Kai gesagt, wer ihn überfallen hat und wird euch anzeigen, dich und Gerry, oder?»

«Ja, leider. Aber es gibt einen Ausweg ...»

Rita lachte.

«Was denn für einen Ausweg, Andy?»

«Der Mann, der Kai geholfen hat, ist Max ...»

«Max, Idas Mann?»

«Genau. Er ist mit Kai zur Polizei gegangen. Erwin hat das Protokoll aufgenommen. Ich habe mit Max telefoniert. Er und Erwin sind inzwischen überzeugt, dass Kai im Drogenrausch von Olivia auf die Toilette gelockt und dort verführt, genauer gesagt zum Geschlechtsverkehr genötigt wurde. Kai habe gesagt, wenn Olivia die Wahrheit erzähle, werde er auf eine Anzeige gegen mich und Gerry verzichten.»

Rita schaute ihren Mann kopfschüttelnd an.

«Ums Himmels Willen, Andy, was ist denn das für eine Theorie? Dass eine Frau einen Mann vergewaltigt oder, wie du gesagt hast, zum Geschlechtsverkehr zwingt, ist doch gar nicht möglich. Du weisst ja, dass ein Mann unter Druck keinen hochbekommt. Dazu noch im Drogenrausch. Nein, nein, Andy! Mit so einer Begründung lasse ich mich nicht abspeisen!»

Rita öffnete die Küchentür ... und erschrak. Vor ihr stand Olivia. Weinend fiel sie ihrer Mutter in die Arme.

«Mama, es tut mir so leid. Es ist so, wie Kai gesagt hat. Er hat mich nie beachtet, dabei habe ich ihn so geliebt... Ich musste ihn einfach auch einmal haben ...»


IV


Freitag. Frau Keller war früh aufgestanden, hatte etwas in der Bibel gelesen und längere Zeit mit Beten verbracht. Unter anderem hatte sie ihren Herrn angefleht, Michi und seine Eltern auf den richtigen Weg zu führen.

Als sie etwas später im Religionsunterricht die Geschichte von Daniel in der Löwengrube erzählte, fiel ihr auf, dass Michi nur stumm da sass und abwesend vor sich hinstarrte.

«Michi, weisst du, weshalb König Darius den Daniel in die Löwengrube hat werfen lassen?»

Michi schüttelte den Kopf.

«Ganz sicher nicht, Michi?»

«Vielleicht war er ein Mörder?»

«Nein, Michi. Du hast nicht zugehört. Daniel hätte niemals jemandem etwas Böses angetan. Er hat zu Gott gebetet, und das war verboten ...»

Michi schien langsam aufzuwachen.

«So wie wenn jemand die Ehe bricht?»

Die Kinder lachten. Frau Keller nicht.

«Nein, Michi. Es war verboten, weil der König befohlen hat, dass nur er angebetet werden darf.»

«Das war aber ein dummer König! So einen würde ich nicht anbeten und mein Papa sicher auch nicht!», rief Michi.

Frau Keller beschloss, Michis Eltern nochmals zu einem Gespräch aufzubieten.


V


Max und Ida hatten die Religionslehrerin für das Gespräch zu ihnen nach Hause eingeladen. Es war später Abend. Michi lag bereits im Bett.

Ida servierte Frau Keller einen Tee und etwas Gebäck. Frau Keller räusperte sich und begann: «Es tut mir wirklich leid, dass ich sie noch einmal mit diesem Thema belästigen muss, aber das Verhalten ihres Buben scheint mir wirklich nicht altersgemäss zu sein. Oder können sie mir erklären, wie er zu solch eigenartigen Aussagen kommt.»

«Zum Beispiel?», fragte Ida spitz.

«In der letzten Stunde hat er gesagt, dass er den König, der Daniel in die Löwengrube geworfen habe, auch nicht anbeten würde und sein Vater erst recht nicht, da das ein dummer König sei ...»

«Und? Was war daran falsch?», fragte Max.

Frau Keller schüttelte den Kopf.

«Ihre Frage zeigt mir, dass auch sie nicht verstehen, um was es geht. Wenn Michi sagt, dass ein Herrscher in der Bibel ein dummer König sei, zeigt mir das, dass er die Wahrheit der Heiligen Schrift nicht anerkennt.»

«So ähnlich wie beim Ehebrecher-Verbot?», fragte Ida etwas spöttisch.

Frau Keller seufzte, als ob ihr eine schwere Last auf dem Herzen läge.

«Ich denke, ich liege nicht ganz falsch mit der Vermutung, dass sie, ihr Mann und auch Frau Lehner das sechste Gebot nicht ernst genug nehmen.»

«Wieso denn, Frau Lehner?», fragte Ida erstaunt.

«Das kann ihnen ihr Mann vermutlich besser erklären», antwortete Frau Keller, stand auf, bedankte sich für den Tee und verabschiedete sich mit den Worten: «Alles Gute und Gottes Segen.»

Ida und Max sassen allein am Stubentisch.

«Also, Max. Erklär mir das mit Frau Lehner!»

Max zögerte.

«Ich höre ...»

«Ok, Ida ... Es ist so ... Lea bekommt ein Kind von mir.»

Ida zog die Augenbrauen hoch, dann begann sie zu lachen.

«Mein Gott, Max, wie hast du denn das zustande gebracht?»

Max starrte seine Frau entgeistert an. So eine Reaktion hatte er nicht erwartet.

«Ach ja, bei deiner ersten Besprechung mit Frau Lehner natürlich. Deshalb hattest du Herzprobleme beim Einschlafen. Sie hat dich verführt und du hast dich nicht getraut, es mir zu sagen, oder?»

«Natürlich, Ida. Welcher Mann beichtet seiner Frau schon einen Seitensprung?»

Ida wurde plötzlich ernst.

«Ist schon klar, Max. Auch eine Frau tut das nicht, wenn sie klug ist. Ich verstehe das vollkommen.»

«Und? Willst du dich jetzt scheiden lassen?»

Ida lächelte.

«Nein, Max, wieso auch? Du hast nur getan, was ich auch schon gemacht habe. Im Gegensatz zu Lea habe ich jedoch aufgepasst, dass ich nicht schwanger werde.»

Max wurde bleich.

«Wie? Du hast mich betrogen?»

«Ach, Max, seitdem du deinen Job verloren hast, warst du nur mit dir beschäftigt. Ich brauchte etwas Aufmerksamkeit, etwas Zuwendung ...»

«Und dann bist du einfach fremdgegangen?»

«Ja, Schatz,» flüsterte Ida.

«Wie lange schon?»

«Seit Längerem ...»

«Und mit wem?»

«Willst du das wirklich wissen?»

Max fühlte sich wie ein Boxer, der in den Seilen hängt und auf den unvermeidlichen KO-Schlag wartet.

«Ist es jemand, den ich kenne?»

«Du hast ihn im Löwen getroffen.»

«Was? Thomas, der Physiotherapeut?»

Ida nickte.

«Aber der ist doch verheiratet. Er hat zwei Mädchen, hat er gesagt ...»

«Aber Max, du bist ja auch verheiratet, und ein Kind hast du auch ... Ich denke, dass wir damit zurechtkommen, ohne uns zu streiten. Jetzt, wo du auch eine Geliebte hast, sollte das kein Problem sein, oder Schatz?»

# 9. KAPITEL

# I

Einen Monat später.

Auf Platz eins der Black-Liste steht jetzt der Name des Physiotherapeuten. Wenn Max vor seiner Beziehung zu Lea von Idas Verhältnis erfahren hätte, wäre Thomas vermutlich nicht mehr am Leben, und Max sässe wegen Totschlags im Gefängnis. Da Ida ihm ihr Verhältnis jedoch erst nach seinem Seitensprung mit Lea gebeichtet hatte, war eine Art Vakuum in Maxs Gehirn entstanden, eine Pattsituation sozusagen, die ihn vorerst daran hinderte, den Nebenbuhler auszuschalten, was allerdings nicht hiess, dass er nicht immer wieder daran dachte, sich an ihm zu rächen.

Wenn Ida am Dienstag nach dem wöchentlichen Frauentreff gegen Mitternacht nach Hause kam, vermutete Max jeweils, dass sie noch bei ihrem Liebhaber gewesen war.

«Gib zu, du warst wieder bei diesem verdammten Hurensohn!», bellte er dann.

«Moment! Wir waren uns doch einig, dass ich dein Verhältnis mit Lea akzeptiere und du meines mit Thomas, oder!», fauchte Ida zurück.

Max versuchte, das Problem zu lösen, indem er sich am Dienstag mit Lea verabredete und danach auch erst gegen Mitternacht nach Hause kam.

Seit Michi seine Eltern beim Liebemachen überrascht und mit Anouk und in der Schule darüber geredet hatte, beobachtete er mit erhöhter Aufmerksamkeit, was sich zu Hause tat. Und so dauerte es nicht lange, bis er herausfand, dass, wenn er von der Schule nach Hause kam, dieser Mann immer dann in der Küche sass, wenn sein Vater ausser Haus war.

Zudem fiel ihm auf, dass am Dienstagabend, wenn seine Mutter ins Turnen ging, regelmässig auch sein Vater abwesend war.

«Papa, wieso gehst du jetzt immer auch weg, wenn Mama ins Turnen geht?»

«Der Stammtischabend im Löwen ist vom Freitag auf den Dienstag verlegt worden, deshalb», versuchte Max seinen Buben zu täuschen.

«Aber Anouks Papa hat gesagt, du gehst gar nicht mehr in den Löwen.»

Michi hatte recht. Seit Max wusste, dass Ida mit Thomas ein Verhältnis hatte, mied er den Löwen. Dem Liebhaber seiner Frau am Stammtisch gegenüber zu sitzen, das hätte er nicht ertragen. Manchmal, wenn es ihm nicht gelang, seine Gedanken zu kontrollieren, stelle er sich vor, wie er ihn, kopfabwärts an einen Baum gehängt, entmannte.

«Denkst du nicht, es wäre höchste Zeit, dass Ida erfährt, dass ich von dir schwanger bin?», fragte Lea eines Abends.

«Oh, das weiss sie schon lange», antwortete Max.

«Und das sagst du mir erst jetzt?», fragte Lea aufgebracht.

«Sie sagt, das sei ok. Und weisst du auch warum? Weil sie einen Freund hat, diesen Physiotherapeuten. Sie kennt ihn von ihrer Ausbildung her ...»

Lea wollte es nicht glauben.

«Und das ist in Ordnung für sie? Einfach so?»

«Sie sagt, wir wären jetzt quitt.»

«Und sie will sich nicht scheiden lassen?»

«Nein, sieht nicht danach aus ...»

«Und du? Meinst du nicht, dass wir ...»

«Du meinst, ich sollte mich von Ida trennen?»

Lea seufzte.

«Max, es dauert nicht mehr lange, und das ganze Dorf weiss, dass ich schwanger bin.»

«Du meinst, ich soll zu Hause bleiben und unser Kind stillen?», fragte Max spöttisch.

Lea hieb ihm lachend die Faust auf den Rücken.

«Nein, aber ich könnte am Anfang Teilzeit Schule geben ... Mein Einkommen würde für uns reichen.

«Und Michi? Er ist erst acht Jahre alt; er braucht ein männliches Vorbild!»

«Ich weiss, Max. Am einfachsten wäre es, wenn wir alle zusammenwohnen würden. Ida, Michi, du und ich mit unserem Kind.»

Max lachte laut heraus.

«Und Thomas käme zu Ida auf Besuch, vielleicht zusammen mit seiner Frau und den Mädchen. Das wäre dann eine richtige Patchwork-Familie. Thomas und ich hätten zwei Frauen und zwei Kinder und du einen Mann und ein Kind. Etwas, was gegen jede kirchliche Vorgabe und Moral verstösst. Frau Keller würde, um das sechste Gebot zu verteidigen, zum Schulrat laufen, zum Pfarrer. Die KESB würde sich einschalten, uns die Kinder wegnehmen wollen und wir kämen, als Vorbilder für ein neues Familienmodell, in die Zeitung.»

## II

Sechs Monate später.

Lea ist im siebten Monat schwanger. Im ganzen Dorf hat sich herumgesprochen, dass Max der Vater ist.

Die Schulstunde hat kaum begonnen, als Anouk die Hand in die Höhe streckt.

«Ja, Anouk?»

«Frau Lehner, ich habe eine Frage: Ist es ein Bub oder ein Mädchen?»

«Es ist ein Mädchen», sagt Lea und streicht mit der Hand sanft über ihren gewölbten Bauch.

Die Mädchen kreischen und klatschen.

«Und wie soll es heissen?», fragt Anouk weiter.

«Das bleibt ein Geheimnis bis nach der Geburt», lächelt die Lehrerin.

Michi meldet sich.

«Ja, Michi?»

Darf der Vater bei der Geburt auch dabei sein?»

Ein leises Raunen geht durch die Klasse. Ausser ihm wissen alle, wer der Vater ist.

Anouk stösst ihn in die Seite, wirft ihm einen strengen Blick zu. Doch Michi begreift nicht. Fragend sieht er Frau Lehner an.

«Michi, bitte komm nach vorn.»

Michi steht auf und läuft zu Frau Lehner.

Lea nimmt seine Hand und legt sie, gespannt beobachtet von der ganzen Klasse, auf ihren Bauch.

«Spürst du etwas?»

Michi schüttelt den Kopf.

Frau Lehner bewegt seine Hand über ihren Bauch, bis Michi begeistert ruft: «Wow, jetzt bewegt sich etwas!»

Die Mädchen kichern aufgeregt.

«Weisst du, mit wem du gerade Kontakt hattest, Michi?», fragt Frau Lehner.

«Äh ... mit einem ...»

«Genau. Für dich wird es sogar ein ganz besonders Kind sein ...»

Michi schaut verwirrt die Lehrerin an.

«Das Kind in meinem Bauch ist deine Schwester. Dein Papa ist ihr Vater. Ich hoffe, dass deine Mutter erlaubt, dass er bei der Geburt dabei sein darf.

Die Mädchen können sich nicht mehr halten. Sie klatschen in die Hände, lachen und johlen. Die Buben trommeln mit den Füssen auf den Boden. Michi setzt sich wieder zu Anouk in die Bank.

Es dauert längere Zeit, bis Frau Lehner mit dem Unterricht fortfahren kann.

Michi hebt noch einmal die Hand und fragt aufgeregt: «Darf ich bei der Geburt meiner Schwester dann auch dabei sein?»

III

Religionsunterricht.

In drei Wochen ist Heiligabend. Frau Keller liest die Weihnachtsgeschichte aus der Bibel vor:

*«Es begab sich aber zu der Zeit, dass ein Gebot von dem Kaiser Augustus ausging, dass alle Welt geschätzt würde. Und diese Schätzung war die allererste und geschah zur Zeit, da Quirinius Statthalter in Syrien war. Und jedermann ging, dass er sich schätzen ließe, ein jeder in seine Stadt. Da machte sich auf auch Josef aus Galiläa, aus der Stadt Nazareth, in das jüdische Land zur Stadt Davids,*

die da heißt Bethlehem, weil er aus dem Hause und Geschlechte Davids war, damit er sich schätzen ließe mit Maria, seinem vertrauten Weibe; die war schwanger.

Und als sie dort waren, kam die Zeit, dass sie gebären sollte. Und sie gebar ihren ersten Sohn und wickelte ihn in Windeln und legte ihn in eine Krippe; denn sie hatten sonst keinen Raum in der Herberge.

Und es waren Hirten in derselben Gegend auf dem Felde bei den Hürden, die hüteten des Nachts ihre Herde. Und der Engel des Herrn trat zu ihnen, und die Klarheit des Herrn leuchtete um sie; und sie fürchteten sich sehr.

Und der Engel sprach zu ihnen: Fürchtet euch nicht! Siehe, ich verkündige euch große Freude, die allem Volk widerfahren wird; denn euch ist heute der Heiland geboren, welcher ist Christus, der Herr, in der Stadt Davids. Und das habt zum Zeichen: Ihr werdet finden das Kind in Windeln gewickelt und in einer Krippe liegen.

Und alsbald war da bei dem Engel die Menge der himmlischen Heerscharen, die lobten Gott und sprachen: Ehre sei Gott in der Höhe und Friede auf Erden bei den Menschen seines Wohlgefallens.

Und als die Engel von ihnen gen Himmel fuhren, sprachen die Hirten untereinander: Lasst uns nun gehen nach Bethlehem und die Geschichte sehen, die da geschehen ist, die uns der Herr kundgetan hat. Und sie kamen eilend und fanden beide, Maria und Josef, dazu das Kind in der Krippe liegen. Als sie es aber gesehen hatten, breiteten sie das Wort aus, das zu ihnen von diesem Kinde gesagt war.

Und alle, vor die es kam, wunderten sich über das, was ihnen die Hirten gesagt hatten. Maria aber behielt alle diese Worte und bewegte sie in ihrem Herzen.

Und die Hirten kehrten wieder um, priesen und lobten Gott für alles, was sie gehört und gesehen hatten, wie denn zu ihnen gesagt war.

Als Frau Keller geendet hatte, meldete sich Michi.

«Ja, Michi?», fragte Frau Keller mit etwas Besorgnis in der Stimme.

«Warum sind die Engel nur beim Jesuskindlein vom Himmel herab geflogen? Wieso nicht bei allen Kindern, die auf die Welt kommen?»

Frau Keller runzelte die Stirn. Michi war wirklich ein ungewöhnliches Kind. So eine Frage war ihr noch nie gestellt worden.

Bevor sie antworten konnte, meldete sich Anouk.

«Ja, Anouk?»

«Also ich denke, sie haben heutzutage einfach keine Zeit mehr dafür.»

«Oder Gott hat ihnen das Fliegen verboten um Strom zu sparen!», rief Michi.

«Michi! Die Engel brauchen keinen Strom zum Fliegen, die bewegen einfach die Flügel, so wie die Vögel!», keifte Anouk.

«Wie der Storch? Deshalb braucht es keine Engel mehr, weil der Storch die Kinder bringt?»

Frau Keller seufzte.

«Die Engel haben das Jesuskindlein besucht, weil es Gottes Sohn war, und sie kommen nicht bei jeder Geburt, weil ...»

«Weil die Kinder jetzt nicht mehr seine Kinder sind?», fragte Michi gespannt.

Frau Keller schüttelte den Kopf, sandte ein Stossgebet zum Himmel und überlegte, was sie auf seine Frage antworten sollte.

«Gott liebt immer noch alle Kinder, aber das Jesuskindlein war der Heiland, den er auf die Welt gesandt hat, um uns zu erlösen ...»

«Und als der Jesus ein Mann war, hat er ihn töten lassen. Gut bin ich nicht sein Bub, vielleicht würde er mich ja auch tot machen lassen und auch meine kleine Schwester in Frau Lehners Bauch!»

Die Kinder lachten.

Frau Kellers Gesicht lief rot an.

«Das Kind von Frau Lehner ist deine Schwester?»

Michi nickte begeistert.

«Ja, weil mein Papa der Vater ist. Frau Lehner hat es von ihm machen lassen, hat meine Mama gesagt, und das ist in Ordnung, weil sie hat auch noch einen anderen Mann, aber mit dem macht sie keine Kinder, weil sie genug mit mir hat, hat sie gesagt.»

Frau Keller fühlte, wie ihr schwindlig wurde. Sie trank einen Schluck Wasser und verteilte dann jedem Kind ein Blatt Papier mit der Aufgabe, die Geburt des Erlösers zu zeichnen.

Michi nahm das Blatt und begann mit Feuereifer. Als Erstes zeichnete er den Bauch von Frau Lehner, dann ein Kind mit Locken, da seine zukünftige Schwester ja ein Mädchen war. Dann machte er über alles ein Dach, das schwebend über dem Bauch mit dem Kind drin in der Luft hing. Zuletzt nahm er einen gelben Farbstift und malte einen Haufen Stroh unter den Bauch von Frau Lehner, damit sein Schwesterchen, wenn es aus dem Bauch herausfiel, sich nicht verletzen konnte.

Als Frau Keller die Zeichnungen einsammelte, stellte sie fest, dass Michi ein völlig eigenständiges Verständnis von der Geburt Jesu gemalt hatte. Ausser den wilden gelben Strichen unter Frau Lehners Bauch, die sie unschwer als Stroh interpretieren konnte, deutete nichts auf die von ihr vorgelesene Weihnachtsgeschichte und die Geburt des Erlösers im Stall zu Bethlehem hin.

IV

Lea wollte eine Lösung. Es machte ihr Mühe, den Vater ihres Ungeborenen jede Nacht in den Armen seiner Frau zu wissen. Ganz im Gegensatz zu Ida, die kein Problem damit hatte, dass ihr Mann die Lehrerin ihres Buben geschwängert hatte.

«Max, ich halte das nicht aus. Ich möchte, dass sie dich freigibt, dass du mich heiratest, wir eine Familie gründen», jammerte Lea, nachdem sie sich wieder einmal in ihrer Wohnung geliebt hatten.

«Ach, Lea!», seufzte Max. «Muss das denn wirklich sein? Wie ich schon gesagt habe, benötigt auch Michi einen Vater und überhaupt, wir sollten nichts überstürzen. Wer weiss, vielleicht ...»

Lea rollte sich auf Max und drückte seine Arme aufs Bett.

«Was meinst du mit vielleicht?»

«Na ja, vielleicht gibt es noch eine andere Lösung, eine, die Ida und auch Michi akzeptieren können ...»

«Und wie stellst du dir diese Lösung vor?»

«Das weiss ich noch nicht, Lea. Aber ich denke, wir sollten mit Ida reden ...

Lea liess sich aufs Bett zurückfallen.

«Also gut, lass uns zuerst mit Ida reden. Und mit Michi erst, wenn wir eine Lösung gefunden haben, die für alle akzeptabel ist.»

# 10. KAPITEL

# I

«Ida ...»

«Ja, Max?»

«Lea möchte mit dir reden.»

«Und worüber?»

«Über unsere Beziehung. Sie will, dass wir uns scheiden lassen, damit sie mich heiraten kann.»

Ida schüttelte lachend den Kopf.

«Soso, deine Lea möchte dich heiraten. Und ich soll allein mit Michi leben?»

«Aber Ida, du wärst ja nicht allein, du hast doch noch Thomas ...»

«Das verstehst du falsch, Max. Thomas ist verheiratet, der denkt nicht daran, meinetwegen seine Familie zu verlassen. Es gibt einen grossen Unterschied zwischen dem eigenen Mann und einem Geliebten: Dein Mann ist immer für dich da, der Liebhaber nur stundenweise. Und, falls du es noch nicht gemerkt hast, ich liebe dich und nicht Thomas. Ich verstehe ja, dass Lea den Vater ihres Kindes heiraten möchte, aber der ist nun mal bereits verheiratet! Also muss sie einen anderen suchen oder sich mit der Situation abfinden!», erklärte Ida bestimmt.

«Und ich müsste Alimente zahlen und würde Michi nur auf Besuch haben, das gefällt mir allerdings auch nicht!», murmelte Max mit düsterer Miene.

## II

Am nächsten Tag kam Ida mit einem Vorschlag: «Max, ich habe mir das Ganze noch einmal überlegt. Ich denke, wir sollten uns zu einer Aussprache treffen. Du, ich, Lea, Thomas und seine Frau Ora.»

Max fühlte sich im ersten Moment überfordert. Doch nachdem ihm Ida erklärt hatte, dass Ora als Schwedin, in Bezug auf ungewöhnliche Beziehungskonstellationen, vermutlich eine etwas entspanntere Haltung als Frau Keller vertreten würde, wollte er sich die Sache überlegen, fragte aber doch noch: «Inwiefern entspannter?»

«Weil sie ihrem Mann eine Geliebte erlaubt, nämlich mich, Max!»

Etwas in Max rebellierte gegen Idas Argument, doch dann gab er sich geschlagen.

«Also gut. Wo treffen wir uns und wann?»


## III

Da solch eine Aussprache möglichst von niemandem gestört werden sollte, was bei Max und Ida durch die Anwesenheit von Michi und bei Thomas und Ora ihrer Mädchen wegen nicht möglich war, schlug Lea ihre Wohnung als Treffpunkt vor.

Leas Wohnzimmer war einfach aber zweckmässig möbliert. Eine breite Couch, auf der sie sich am Abend entspannte und dazu zwei bequeme Sessel. Damit sich fünf Personen gegenübersitzen konnten, schob sie noch das kleine Sofa aus dem Schlaf- ins Wohnzimmer.

Max und Ida trafen als Erste ein.

Ida schloss Lea in die Arme und küsste sie auf beide Wangen. Lea war gerührt.

Weder Max noch Lea und Ida hatten Erfahrung mit so einem Zusammentreffen. Als dann noch Thomas mit Ora eintraf, wäre Max am liebsten sofort abgehauen.

Ora versuchte, die Situation zu entspannen. Sie schubste ihren Mann zu Ida auf die Couch, nahm Max am Arm und setzte sich mit ihm gegenüber auf das kleine Sofa aus Leas Schlafzimmer.

Lea eilte in die Küche, kam mit einer Karaffe Wasser und einer Flasche Prosecco zurück und stellte Gläser auf den Beistelltisch. Ora schenkte ein und erklärte dabei: «Also, ihr Lieben. Ich schlage vor, dass ihr mir erlaubt, dieses Gespräch als die am wenigsten Betroffene, ein wenig zu lenken. Einverstanden?»

«Danke, Ora», lächelte Thomas.

«Wieso bist du die am wenigsten Betroffene? Dein Mann hat ja auch eine Geliebte ...», fragte Ida.

«Natürlich, Ida. Aber das ist nichts Neues für mich. Bei deinem Max ist es das erste Mal, dass er eine andere hat, oder?»

Ora legte Max eine Hand auf den Oberschenkel.

Idas Augen begannen gefährlich zu funkeln.

«Siehst du, Ida. Du bist noch nicht daran gewöhnt, dass dein Mann ...»

Ida stand auf, zog Ora auf die Füsse, schob sie zu ihrem Mann auf die Couch und setzte sich demonstrativ zu Max aufs Sofa.

«Genau, Ora! Max ist mein Mann, und das bleibt er auch, egal ob Lea ein Kind von ihm bekommt oder nicht!»

Lea blickte Hilfe suchend Max an. Doch der musterte mit einem feindseligen Ausdruck in den Augen den Mann, der ihm gegenübersass.

Thomas versuchte, die Situation zu retten.

«So geht das natürlich nicht, Leute! Wir sind nicht zusammengekommen, um zu streiten. Wir wollen Lösungen suchen, oder? Von mir aus gesehen könnte es ja so weiterlaufen wie bisher, aber mir scheint, dass nicht alle damit einverstanden sind, oder Max?»

«Da hast du verdammt recht!», knurrte Max.

Ida schlug ihm die Hand auf den Oberschenkel.

«Wenn du dich nicht zusammenreisst, lasse ich mich schon morgen scheiden!»

«Ok, ich bin einverstanden!», lachte Lea.

Ausser Max fanden das alle lustig.

Ora und Thomas schlugen vor, sich vorläufig mit der Situation abzufinden und abzuwarten, wie sich ihr Beziehungschaos entwickeln würde. Was für Max natürlich überhaupt keine Lösung war.

«Wie soll ich mich mit so einer Situation abfinden? Das ist doch völlige Scheisse! Lea bekommt ein Kind von mir, meine Frau will sich jedoch nicht scheiden lassen, obwohl sie seit ... Wie lange geht das schon mit euch beiden?»

«Das ist doch egal, Max!», antwortete Ida.

«Nein, das ist es nicht! Ich will wissen, wie lange ihr es schon miteinander treibt, du und Thomas!»

Thomas blickte auf den Boden, Ida schloss kopfschüttelnd die Augen ... Ora legte ihrem Mann die Hand auf den Arm ...

«Komm, Thomas, jetzt da Max auch eine Geliebte hat, die sogar ein Kind von ihm bekommt, sollte er das verkraften können! Oder, Max?»

Maxs Gesicht lief rot an.

«Wie ich das vertrage, weiss ich noch nicht, aber ich will es trotzdem wissen!», knurrte er finster.

Thomas blickte Ida an. Ida nickte achselzuckend.

«Also gut, Max, wenn du es unbedingt wissen willst ... Beim Weiterbildungskurs vor fünf Jahren, da haben wir eine Nacht zusammen verbracht ...»

Max wurde bleich.

«Was? Du betrügst mich schon seit fünf Jahren! Mir hast du erzählt, dass du erst seit dem Verlust meines Arbeitsplatzes ...»

Ida legte ihrem Mann beschwichtigend die Hand auf den Arm. Max stiess sie weg, stand auf und stürmte zur Tür. Bevor er sie öffnen konnte, stellte sich ihm Lea in den Weg, nahm ihn an der Hand, zog ihn ins Schlafzimmer und schloss die Tür.

## IV

Als Lea mit Max aus dem Schlafzimmer kam, waren Thomas, Ora und Ida verschwunden, was Max mit Erleichterung zur Kenntnis nahm.

«Wir werden nie heiraten!», knurrte er.

«Wieso denn nicht?», fragte Lea erschrocken.

«Das heute war doch nur ein erster Versuch! Wir müssen einfach dranbleiben und an unsere Liebe glauben, bis sich unsere Wünsche verwirklichen.»

Max lachte, hart und bitter.

«Unsere Wünsche? Deine Wünsche sind nicht meine Wünsche, Lea. Ich weiss, du bekommst ein Kind von mir. Mein Problem ist jedoch, dass ich nicht auf Ida verzichten kann und sie auch nicht auf mich. Zudem kann ich das Michi nicht antun.»

«Aber Max, Ida hat doch Thomas ...»

«Thomas!», knurrte Max verächtlich.

«Denn liebt sie nicht, hat sie gesagt. Der ist nur so was wie ein Lückenbüsser fürs Sexuelle, weil ich sie diesbezüglich vernachlässigt habe. Aber das wird sich ändern, Lea! Und Thomas, der wird seine gerechte Strafe bekommen!»


V


Als Lea einen Tag später um fünf Uhr das Schulhaus verliess, traf sie beim Ausgang auf Frau Keller.

«Hallo Frau Lehner, wie geht es ihnen?», fragte die Religionslehrerin in einem Ton, als wäre sie für das Wohlergehen ihres Kindes verantwortlich.

Lea legte schützend eine Hand auf ihren Bauch und antwortete: «Sehr gut, danke, Frau Keller. Und ihnen?»

«Oh, mir geht es gut. Aber ich bin ja auch nicht schwanger.»

«Was ohne Mann auch nicht gut möglich ist, Frau Keller?», gab Lea zurück.

Die Religionslehrerin errötete und antwortete spitz: «Besser kein Mann als ein verheirateter! Das bringt kein Glück, das werden sie schon noch sehen. Wer Gottes Gebote bricht, lebt in Sünde und muss eines Tages dafür büssen.»

Lea dachte an den Abend, als sie und Thomas *die Beute geteilt* hatten, an die Begegnung im Schulzimmer, wo ihr Mädchen gezeugt worden war.

«Es war Liebe, Frau Keller und ist es immer noch. Steht die Liebe nicht über dem Gesetz? Und ist nicht jedes Kind ein Segen, ein Geschenk Gottes?», fragte sie lächelnd.

Frau Keller starrte sie ein paar Sekunden böse an, doch dann wurden ihre Züge weich.

«Tut mir leid, Frau Lehner. Sie haben recht, die Liebe steht über dem Gesetz. Kinder sind wirklich ein Geschenk Gottes, ich liebe sie von ganzem Herzen. Leider war es mir nicht vergönnt, zu gegebener Zeit einen Mann kennenzulernen, der mir diesen Wunsch hätte erfüllen können.»

«Das tut mir leid für sie. Für ein eigenes Kind ist es wohl zu spät, aber nicht für einen Mann, oder?»

Frau Keller war einen Moment still. Dann: «Wie kommen sie auf so eine Idee, Frau Lehner? Ich bin doch viel zu alt!»

«Es gibt für jedes Alter einen Mann. Es kommt nur darauf an, den Richtigen zu finden.»

Frau Kellers Augen begannen zu leuchten.

«Glauben sie das wirklich, Frau Lehner? Seit bald dreissig Jahren ist der Herr mein einziger Mann. Aber falls er damit einverstanden wäre ... Ich wer-

115

de ihn um ein Zeichen bitten. Wenn es sein soll, wird er es richten. Vielen Dank, Frau Lehner. Einen schönen Abend. Gott segne sie ... und den Vater ihres Kindes ...»

Mit diesen Worten eilte die Religionslehrerin zu ihrem Auto und brauste davon.


## VI

Ausser bei Michis Taufe und der Beerdigung eines Kollegen hatte Max Kirchenbesuche erfolgreich vermieden.

Natürlich war das Frau Keller nicht entgangen. Es war ein Grund, sich umso intensiver mit Michi zu beschäftigen, da sie aufgrund dessen, was er im Religionsunterricht erzählt hatte, vermutete, dass seine Eltern in moralisch-religiöser Hinsicht keine Vorbilder für ihn waren.

Nachdem sie auch noch erfahren hatte, dass Frau Lehner von Michis Vater schwanger war, hatte sie beschlossen, dass es an der Zeit war, zu handeln.

Als Erstes wandte sie sich nicht an den Schulrat, sondern an den reformierten Pfarrer im Dorf, von dem sie sich mehr moralische Unterstützung erhoffte als vom mehrheitlich weltlich ausgerichteten Schulrat.

Markus Steger war, wie Frau Keller, nie verheiratet gewesen. Er empfing sie am nächsten Abend um sieben Uhr in seiner Wohnung im Pfarrhaus, servierte ihr einen Tee und stellte einen Teller mit Gebäck auf den Tisch.

«Also Marie, was hat dich zu mir geführt?», fragte er freundlich.

«Markus, es geht um etwas, dass das ganze Dorf betrifft ...»

«Das ganze Dorf? Inwiefern denn?»

«Es geht um einen Mann und eine Frau, die sich in keiner Weise an das sechste Gebot halten. Besonders bedenklich ist, dass ihr achtjähriger Bub das mitbekommen hat und in der Schule weitererzählt. Was dazu führen könnte, dass die Leute im Dorf sich in ihrem moralischen Empfinden ...»

Der Pfarrer musste sich das Lachen verkneifen.

«Du machst dir Sorgen, dass dieses Verhalten um sich greifen könnte?»

«Ja, das befürchte ich.»

Marie Keller faltete ihre Hände und legte sie wie zum Gebet auf den Tisch.

«Ich habe im Verlauf meiner Tätigkeit als Religionslehrerin schon manches erlebt, doch noch nie hat mich jemand so aus der Fassung gebracht wie Michi, der Bub von Max und Ida Miller.»

«Da bin ich aber gespannt, komm erzähl!»

Frau Keller legte los, berichtete, was Michi im Religionsunterricht von sich gegeben hatte. Dass seine Eltern im Schlafzimmer *gekämpft* hätten, dass Frau Lehner von seinem Vater schwanger sei, was seine Mutter ok fände, dass er sich auf die Geburt von seinem Schwesterchen freue und hoffe, dabei sein zu dürfen. Und, dass seine Mutter auch noch einen anderen Mann habe aber von dem keine Kinder wolle, weil sie genug Arbeit mit ihm habe.

Als Marie geendet hatte, holte der Pfarrer Buch aus dem Bücherregal, legte es auf den Tisch und bat Marie, es mit geschlossenen Augen aufzuschlagen.

Marie tat, was er verlangte. Als sie die Augen öffnete, war sie freudig überrascht. Auf der Seite, die sie aufgeschlagen hatte, befand sich ein goldverzierter Farbdruck des Gemäldes «Der Kuss» von Gustav Klimt.

Gebannt starrte sie auf die Grafik, erinnerte sich an ihre erste Liebe, ihren ersten Kuss ... Dann las sie den Tex zum Bild: *Wie das Wasser naturgemäss den Weg ins Tal sucht und jede Vertiefung füllt, so sucht die Liebe die Herzen, die bereit sind, sie zu empfangen.*

Marie errötete. Sie spürte den Blick des Pfarrers und dachte an das, was Frau Lehner ihr über die Liebe gesagt hatte. War es möglich, dass der Herr ihre Bitte bereits erhört hatte?

# 11. KAPITEL

# I

Drei Uhr nachts. Seit über einer Stunde war er wach. Neben sich hörte er die regelmässigen Atemzüge seiner Frau. Max schlug die Bettdecke zurück, setzte die Füsse auf den Boden, erhob sich, schlich im Dunkeln zur Tür, öffnete sie und trat auf den Gang hinaus. Durchs Fenster im Obergeschoss fiel das Licht des Mondes. Vorsichtig tappte er die hölzerne Wendeltreppe hinunter ins Wohnzimmer, legte sich auf die Couch und liess seinen Gedanken freien Lauf. Genau genommen war es ja so, wie Ida gesagt hatte. Nämlich, dass sie jetzt, wo Lea ein Kind von ihm erwartete, quitt waren. Doch so einfach war das nicht für einen Mann wie Max. Tief in seinem Inneren lief eine Art Ur-Programm ab, das von ihm verlangte, sich an seinem Nebenbuhler zu rächen.

Max lief in die Küche, nahm ein Bier aus dem Kühlschrank, setzte sich an den Küchentisch, trank, überlegte, überlegte und trank ...

Rache hatte er schon einmal geübt, und das war nicht gut ausgegangen. Obwohl, Nella war mit dem Ergebnis zufrieden gewesen. Lars allerdings nicht, was er ihm nicht verübeln konnte.

Plötzlich schrak er aus seinen Gedanken auf. Ida stand in der Tür.

Eine Sekunde lang starrte Max erschrocken in ihre ironisch blitzenden Augen. Ida trug ein beinahe durchsichtiges Negligé, das kaum bis Mitte Oberschenkel reichte.

«Ich konnte nicht schlafen ...», stammelte Max.

«Komm, ich helfe dir, dich zu entspannen.»

Ida, nahm ihren Mann an der Hand, zog ihn ins Wohnzimmer, setzte sich auf die Couch und machte sich an seiner Pyjamahose zu schaffen.

## II

Am nächsten Abend sass Max wieder im Löwen. Andy war da, Gerry und auch Lars.

«Schön, dass du wieder da bist, wir haben dich vermisst», sagte Nella, als sie ihm das Getränk brachte.

Max knurrte etwas Unverständliches vor sich hin und hob sein Glas ...

«Zum Wohl allerseits!»

Gerry und Andy prosteten zurück, Lars nicht.

«Bist wieder gesund?», fragte Max.

«Wird sich zeigen ...», murmelte Lars.

Nella legte einen Arm um ihn.

«Das braucht Zeit. Ein Herzinfarkt ist keine Bagatelle. Stefan wird noch ein paar Wochen auf ihn verzichten müssen.»

«Das wird ihm nicht gefallen. Ich habe gehört, dass er einen neuen Drucker sucht ...»

Lars wurde bleich.

«Dieser verdammte Hurensohn!»

Andy legte ihm eine Hand auf den Arm.

«Keine Angst, Lars. Solange du krankgeschrieben bist, darf er dir nicht kündigen.»

Max hatte mit Lars in der Druckerei gearbeitet, bis er wegen einem Streit mit dem Chef entlassen worden war. Er verspürte den Wunsch, seinem ehemaligen Arbeitskollegen, an dem er sich gerächt hatte, zu helfen.

«Ich habe eine Idee, Lars ... Quasi als Wiedergutmachung ...»

Lars starrte ihn böse an.

«Wiedergutmachung? Dass ich nicht lache!»

Nella zog Lars an sich und küsste ihn demonstrativ auf den Mund.

«Für mich musst du gar nichts gutmachen, Max! Im Gegenteil. Du hast es geschafft, dass Lars sich endlich für mich entschieden hat.»

Gerry schüttelte lachend den Kopf.

«Du bist ein komischer Kauz, Lars. Max hat dir geholfen, endlich Farbe zu bekennen, solltest du ihm nicht sogar dankbar sein?»

Lars starrte vor sich auf den Stammtisch.

«Also gut, Max. Sag, was du ...»

«Ich gehe morgen in die Druckerei und schlage Stefan vor, dass ich für dich arbeite, bis du wieder einsatzfähig bist. Das Arbeitsamt wird mich mit Sicherheit dabei unterstützen. Du kannst dich in Ruhe erholen, und sobald du fit bist, bin ich wieder arbeitslos. – Deal?»

Andy, Gerry und Nella waren begeistert von seinem Vorschlag. Lars zögerte kurz, doch dann reichte er Max die Hand: «Deal!»


III

Stefan war nicht sehr erfreut, als Max in seinem Büro auftauchte.

«Was willst du?», fragte er barsch.

«Lars hat mitbekommen, dass du einen Drucker suchst. Er befürchtet, dass er seinen Job verliert ...»

Stefan wurde ärgerlich.

«Und? Was soll ich machen? Die Maschinen drucken nicht von selbst!»

Max versuchte, ruhig zu bleiben.

«Ich mache dir einen Vorschlag ...»

Stefan grinste verächtlich.

«Von dir nehme ich keine Vorschläge an!»

«Ok, ich habe nur gedacht, du brauchst dringend jemand, der sich mit deinen Druckmaschinen ...»

Max lief zur Tür.

Stefan schnellte aus seinem Sessel hoch.

«Moment! Warte!»

Max blieb stehen.

«Du hast recht, ich suche einen Ersatz für Lars. Kennst du einen guten Drucker?»

«Ja, kenne ich. Ist ein Insider. Er kennt die Maschinen, die Aufträge, die Kunden, ihre Wünsche ... Und er könnte sofort anfangen ...»


IV


Kaum hatte der Unterricht angefangen, streckte Michi die Hand in die Höhe.

«Ja, Michi?»

«Mein Papa arbeitet wieder in der Druckerei, das ist doch toll, oder nicht?», rief er Beifall heischend in die Runde.

«Natürlich, Michi. Das freut mich, uns ... oder Kinder?»

Nicht alle fanden das so toll.

«Für wie lange denn?», rief ein Bub.

Michi musste überlegen.

«Weiss nicht genau. Papa hat gesagt, er macht das für Lars, bis er wieder fit ist, damit der seinen Job behalten kann.»

«Und danach ist er wieder arbeitslos, so einen Vater möchte ich nicht haben!», rief ein Mädchen.

«Ich schon, so hat er Zeit für meine kleine Schwester, wenn sie dann aus dem Bauch von Frau Lehner herausgekommen ist», rief Michi.

Lea stoppte die Diskussion.

«Danke für deine Info Michi. Nun wollen wir uns aber wieder dem Schulstoff widmen.»

Während sie mit dem Unterricht weiterfuhr, waren ihre Gedanken bei Max und ihrer – hoffentlich – gemeinsamen Zukunft.

## V

Ida benutzte die Abwesenheit von Max, um sich vermehrt mit Elena in der Stadt zu treffen.

«Dein Max arbeitet wieder, habe ich gehört.»

«Ja, aber nur solange, bis Lars sich von seinem Herzinfarkt erholt hat.»

Elena schüttelte den Kopf.

«Fällt mir schwer, das zu glauben. Hätte nie gedacht, dass Stefan ihn nochmals einstellt. Nach dem, was zwischen ihnen vorgefallen ist ...»

Ida betrachtete lächelnd ihre Freundin.

Rot gefärbte Haare, grün lackierte Fingernägel, rosa geschminkte Lippen ... Wie immer trug sie eine

Bluse mit Ausschnitt, der die Augen der Männer wie Billardkugeln hineinfallen liess.

«Ich habe gehört, dein Max hat Michis Lehrerin ein Kind gemacht. Sag, stört dich das denn überhaupt nicht, Ida?»

Ida wurde ernst.

«Elena, du weisst ja, dass ich ...»

«Dass du deinen Mann seit Jahren betrügst. Wir beide haben das getan. Max hat es nicht mitbekommen, ebenso wie ich nicht gemerkt habe, dass Stefan mich hintergeht. Wir sind jetzt geschieden, du und Max seid aber immer noch zusammen. Wie ihr das hinbekommt, ist mir ein Rätsel ...»

Ida beobachtete abwesend die Leute, die durch die Bahnhofstrasse eilten.

«Wir kriegen das vermutlich hin, weil wir uns trotz allem immer noch lieben. Wenn ich mit Thomas zusammen bin, ist das so, als ob ich mir eine Massage gönnen würde. Mit dem Unterschied, dass sie nichts kostet. Also versuche ich, wenn ich weiss, dass Max bei seiner Lea ist, mir einzureden, dass es bei ihm dasselbe ist.»

Elena nahm einen tiefen Zug aus ihrer Zigarette und blies ihrer Freundin den Rauch ins Gesicht.

«He! Was soll das?», protestierte Ida.

«Was das soll? Frag lieber, was ich von dem halte, was du da geschwafelt hast. Ich glaube dir kein

126

Wort. Dass du Max noch zu lieben glaubst, verstehe ich, trotz allem. Allerdings ist das gerade das Problem, das du, meiner Ansicht nach, verdrängst. Und weisst du, warum?»

Ida runzelte die Stirn.

«Weil, wenn man jemanden liebt, wirklich liebt, ihn nicht teilen will! Und auch nicht teilen kann. Man ist dann so eng verbunden, dass man es einfach nicht erträgt, wenn der andere seine Gefühle einer anderen Person schenkt. Ich weiss das, weil ich es erlebt habe. Man hält es nicht aus. Es ist, als ob man in der Hölle gebraten würde.»

## VI

Markus Steger war nicht entgangen, dass Gustav Klimts Gemälde Marie ziemlich aus der Fassung gebracht hatte.

Seit Jahren hatte er sich immer wieder nach einer Frau gesehnt, sich aber nie getraut, sich ihr zu nähern, da er nur zu genau wusste, was Marie von Männern hielt, die auf Frauen aus waren.

Doch jetzt, schien ihm, war etwas in ihr aufgebrochen worden. Es war, als ob das, was sie bekämpfte, nämlich jede Art von lustvoller Lebensfreude, in ihr einen Nährboden gefunden hatte.

Tatsächlich hatte Leas Verhältnis mit Max, das seiner Frau mit Thomas, sowie das, was Michi im Religionsunterricht über das Liebesleben seiner Eltern erzählt hatte, Frau Keller wochenlang beschäftigt. Und schliesslich dazu geführt, dass etwas in ihr zum Leben erweckt worden war, was sie seit vielen Jahren unterdrückt hatte. Anfangs war es nur ein kleiner, schmaler Riss in ihrer moralischen Staumauer gewesen, doch dann war er grösser geworden. Ein kleines Rinnsal von Lust am Leben, an der Liebe, war durchgesickert, hatte ihr Herz überschwemmt, und es schliesslich geöffnet. Gustav Klimts Gemälde *Der Kuss»* hatte dann, wie ein Blitz aus heiterem Himmel, die ganze Mauer gesprengt.

Marie war völlig überfordert von dem, was plötzlich in ihrem Kopf, im Herzen und in ihrem Körper vor sich ging. Sie schämte sich für ihre Gedanken und Gefühle, fühlte sich schuldig, ja sündig vor dem Herrn, der das mit Sicherheit niemals gutheissen würde ... Doch gleichzeitig war der Wunsch, endlich auch von einem Mann umarmt zu werden, so mächtig, dass sie nicht dagegen ankam und es auch gar nicht wollte. In ihrer Verzweiflung begab sie sich in die Kirche und bat Gott um Hilfe. Und weil sie ihrem Herrn seit Jahren alles anvertraut hatte, erzählte sie ihm flüsternd, dass sie sich verliebt habe, dass ihr Herz und ihre Emotionen seitdem verrückt spielten, dass sie Wünsche habe, Gedanken und Gefühle, die sie kaum kontrollieren könne ...

Nach einer halben Stunde verliess Frau Keller die Kirche, ohne eine Antwort bekommen zu haben. Doch dann fiel ihr, während sie mit dem Velo nach Hause fuhr, plötzlich eine Lösung ein: Sie würde eine Person um Rat fragen, die sich mit der Liebe auskannte: Michis Mutter Ida.

VII

Ein heisser Sommertag. Max war bei der Arbeit in der Druckerei, Michi noch in der Schule, als Ida vom Treffen mit Elena nach Hause kam.

Als sie in die Garage fuhr, läutete ihr Handy.

«Marie Keller. Hallo Frau Miller ...»

Ida war mehr als überrascht.

«Hallo Frau Keller, ist etwas mit Michi?»

«Nein, nein, keine Angst, Frau Miller. Diesmal geht es nicht um ihren Sohn ...»

«Sondern?»

«Ich möchte sie etwas fragen, besser gesagt: Ich benötige ihren Rat ...»

«Meinen Rat? Da bin ich aber gespannt. Worum geht es denn?»

Frau Keller seufzte.

«Es ist mir peinlich, aber ich glaube, ich habe mich verliebt, und jetzt weiss ich nicht, was ich machen soll ...»

Ida konnte es nicht glauben.

«Oh mein Gott, das ist ja eine Überraschung, Frau Keller! Und weshalb denken sie, dass ich ihnen helfen kann?»

«Weil ich weiss, dass sie sich auskennen auf diesem Gebiet, mit der Liebe und allem, was dazugehört.»

# 12. KAPITEL

I

Lea hatte mitten im Unterricht Wehen bekommen, daraufhin sofort die Kinder nach Hause geschickt und Max angerufen.

Durch den Lärm, den die Druckmaschinen machten, war das Handy nicht zu hören.

Lea wählte die Festnetznummer der Druckerei.

Stefan meldete sich.

«Max? Der hat jetzt keine Zeit. Kann er sie zurückrufen?»

«Nein, nein! Ich brauche ihn jetzt! Sofort!», schrie Lea in die Leitung.

«Wir bekommen ein Kind!»

Jetzt begriff Stefan, was los war. Er rannte mit dem Telefon in der Hand die Treppe hinunter in den Drucksaal.

«Maaax! Deine Frau bekommt ein Kind!»

Max stoppte die Maschine.

«Ja?»

«Max, es ist so weit. Unser Mädchen kommt!», kreischte Lea.

«Ich muss mit Lea ins Spital. Wir bekommen ein Kind!», brüllte Max, drückte Stefan das Telefon in die Hand, stürmte aus dem Drucksaal, stieg ins Auto und raste davon.

Michi war in der Schule, als Ida der Religionslehrerin die Tür öffnete.

«Hallo Frau Keller. Bitte, kommen sie herein.»

Marie reichte Ida die Hand.

«Es tut mir leid, ich hätte nie gedacht, dass ich sie jemals mit so etwas belästigen müsste.»

«Kein Problem, Frau Keller. Möchten sie etwas trinken? Kaffee? Tee? Oder etwas mit Alkohol?»

«Ums Himmels Willen! Soweit bin ich noch nicht ... Tee genügt mir vollständig.»

«Wenn es ihnen nichts ausmacht, besprechen wir das in der Küche. Da ist es am gemütlichsten, finde ich.»

«Gerne», erwiderte Marie Keller und setzte sich an den Küchentisch.

«Lindenblüten, Pfefferminze- oder Schwarztee?»

«Gerne Lindenblüten.»

Während die Religionslehrerin zusah, wie Ida das Wasser aufsetzte, verspürte sie eine seltsame Erregung. Das also war die Frau, die regelmässig das sechste Gebot übertrat, zusammen mit ihrem Mann und ihrem Liebhaber, diesem Physiotherapeuten.

Marie nahm einen Schluck Tee, setzte die Tasse ab, und kam dann ohne Umschweife zu ihrem Anliegen.

«Frau Miller, wie ich ihnen schon am Telefon erzählt habe, besteht mein Problem darin, dass etwas geschehen ist, mit dem ich nicht umgehen kann, weil ich keinerlei Erfahrung auf diesem Gebiet habe. Besser gesagt, kaum Erfahrung», fügte sie etwas bekümmert hinzu.

«Sie haben sich in einen Mann verliebt und wissen nicht, wie sie damit umgehen sollen?»

«Genau, so ist es. Nachdem mich Frau Lehner vor ein paar Tagen davon überzeugt hat, dass Liebe keinem Gesetz unterworfen ist, dass auch auf mich noch ein Mann warten könnte, wenn ich nur wollte, bin ich nach Hause gegangen und habe darüber nachgedacht. In der Nacht hatte ich dann einen Traum. Ein Mann kam auf mich zu, überreichte mir eine Rose und sprach die Worte: «Ich warte auf dich!»

Dann bin ich aufgewacht.

«Wissen sie, wer der Mann sein könnte?», fragte Ida vorsichtig.

Marie Keller schwieg eine Weile. Dann brach es aus ihr heraus: «Vor dreissig Jahren gab es einen Mann, den ich geliebt habe. Doch er hat mich wegen einer anderen Frau verlassen. Der Schmerz war so tief, dass ich mich der weltlichen Liebe für immer verschlossen habe. Von da an gab es nur noch einen Mann in meinem Leben: Jesus Christus.»

«Und jetzt ist plötzlich wieder einer da?»

«Genau! Ein Mann, der vermutlich gar nicht weiss, was er in mir ausgelöst hat, den ich schon immer sympathisch fand ... Er hat mich in einem Buch mit geschlossenen Augen eine Seite aufschlagen lassen ...»

Ida hörte fasziniert zu.

«Und?»

«Da war ein Bild, ein berühmtes Gemälde, mit Golddruck ... Wunderschön ...»

«Was für ein Gemälde?»

«Sie kennen es sicher, Ida. Jeder kennt es, der sich je mit Liebe befasst hat ...»

Ida überlief ein Schauer. Auf ihrem inneren Bildschirm lief ein Video mit sämtlichen ihr bekannten Gemälden ab, die mit Liebe zu tun hatten ... Bei Gustav Klimts «Der Kuss» blieb es stehen.

«Der Kuss ...», flüsterte sie.

«Wenn das kein Zeichen ist, Frau Keller ...»

«Marie! Ich bin Marie ...»

«Ida!»

Michis Religionslehrerin und Ida, die Liebesexpertin, reichten sich in dem Moment die Hand, als Michi ins Haus stürmte.

«Mama! Schnell! Frau Lehner hat Wehen bekommen. Wir müssen ins Spital! Mein Schwesterchen kommt auf die Welt!»

# III

Die Hebamme machte eine Ausnahme. Max durfte bei der Geburt dabei sein, obwohl er nicht Leas Mann war. Ida und Michi mussten allerdings auf dem Gang warten.

«Tief einatmen! Ausatmen, einatmen, ausatmen … Max hielt Leas Hand und atmete mit. Und das so intensiv, dass ihm bald einmal schwindlig wurde. Eine Geburtshelferin führte ihn aus dem Gebärsaal und in ein Zimmer, wo er sich hinlegen konnte.

Als Max sich erholt hatte, war das Kind schon da. Glücklich lächelnd hielt Lea ihr Mädchen im Arm.

Mit gemischten Gefühlen betrachtete Max sein Werk. Sein und Leas Kind, doch nicht das seiner Frau Ida. Etwas war da schiefgelaufen, das spürte er ganz stark.

Er beugte sich nieder, küsste Lea auf die Stirn und streichelte zärtlich die Wange des Neugeborenen.

«Unser Kind, unser Mädchen, Max. Ist es nicht wunderschön?», flüsterte Lea.

«Ja, ist es …», murmelte Max, fragte sich jedoch gleichzeitig, weshalb er keine Freude empfinden konnte. Vielleicht lag es ja daran, dass die Hautfarbe seiner Tochter etwas dunkler war, als er erwartet hatte.

«Bist du sicher, dass das Kind von dir ist, Max?», fragte Ida, als sie mit Michi auf dem Rücksitz nach Hause fuhren.

Max gab keine Antwort. Er trat aufs Gaspedal und fuhr mit überhöhter Geschwindigkeit weiter.

Nach ein paar Minuten verringerte er das Tempo und fragte: «Von wem denn sonst?»

«Das möchte ich auch gerne wissen ...»

«Was möchtest du wissen, Mama?», rief Michi nach vorn.

«Den Namen von deinem Schwesterchen ...»

«Ach so ...»

Eine Ampel wechselte die Farbe. Max hielt an. Ein dunkelhäutiger Mann, eine weisse Frau und zwei Kinder liefen über den Fussgängerstreifen.

«Was weisst du über Leas Vergangenheit?»

«So gut wie nichts», knurrte Max.

«Familie, Freunde ... Hat sie dir nie etwas erzählt?»

Die Ampel zeigte Grün.

«Sie hat gesagt, sie möchte nicht darüber sprechen. Vielleicht später einmal.»

Max fuhr weiter. Ida fühlte Wut in sich aufsteigen. Auf Max, auf Lea, auf die Umstände ...

Max liess Ida und Michi vor dem Haus aussteigen und fuhr das Auto in die Garage.

Ida schloss die Tür auf, legte den Hausschlüssel auf die Ablage neben der Garderobe und schlüpfte in ihre Hausschuhe.

Michi warf seine Jacke auf den Boden, schleuderte die Schuhe in eine Ecke und stürmte in sein Zimmer.

«Michiii!»

«Lass ihn doch, ist nicht so schlimm», beruhigte sie Max.

«Da hast du allerdings recht. Es gibt Schlimmeres. Etwa einen Mann zu haben, dessen Geliebte ein Kind bekommt, von dem er denkt, dass es seins ist, was jedoch mit ziemlicher Sicherheit nicht der Fall ist!»

Max hob schweigend Michis Jacke auf, hängte sie an die Garderobe, nahm seine Schuhe und stellte sie ins Gestell.

«Hörst du mir überhaupt zu?»

Max ging ins Wohnzimmer, legte sich auf die Couch und starrte abwesend an die Decke.

Ida begriff, dass er im Moment nicht reden wollte und auch nicht konnte. Das Ganze war für ihn ein Schock, ja eine riesengrosse Enttäuschung. Dass Leas Kind von einem anderen Mann gezeugt worden war, darauf wäre er nie gekommen. Und auch niemals auf den Gedanken, dass Lea ihn betrügen könnte. So, wie sie sich kennengelernt hatten, war das einfach nicht denkbar gewesen. Dass sie keine Lust gehabt hatte, ihm etwas aus ihrem Leben zu erzählen, hatte ihn nicht gestört. Und auch nicht misstrauisch gemacht.

Übrigens auch niemanden in der Gemeinde. Vielleicht lag es an ihrer Ausstrahlung, an ihrem Auftreten. Max wusste es nicht. Er war einfach seinen Gefühlen gefolgt.

Vom ersten Augenblick an, als sie sich im Löwen begegnet waren, hatte es keine Zweifel gegeben, dass er sie haben wollte und sie ihn. Wie also war es möglich, dass sie in dieser Zeit von einem anderen Mann schwanger werden konnte?

Ida kniete sich vor der Couch auf den Teppich, strich Max zärtlich über die Haare.

«Maxi, es tut mir leid. Ich weiss, dass das für dich ein Schock ist. Lass uns darüber reden. Wir sollten der Sache auf den Grund gehen. Dazu müssen wir mit Lea reden. In aller Ruhe. Vielleicht gibt es eine Erklärung ...»

«Was denn für eine Erklärung?», knurrte Max.

«Nun, es gibt ja die verrücktesten Sachen. Vielleicht hat Lea einen dunkelhäutigen Onkel, dessen Gene sich vererbt haben, oder das Kind ist nach der Geburt vertauscht worden ... Oder Lea könnte vergewaltigt worden sein und hat sich nicht getraut, es zu melden ...»

V

«War das der Vater heute Morgen?», fragte Leas Betreuerin, als sie am Abend das Kind zum Stillen brachte.

Lea gab keine Antwort.

«Er war es nicht?»

Lea schüttelte den Kopf.

«Aber er dachte, dass er es wäre?»

Lea nickte.

«Und warum sollte er das denken?»

Lea schaute zum Fenster hinaus.

«Weil ich die Vergangenheit hinter mir lassen, mit ihm eine Familie gründen wollte.»

«Und dazu haben sie sich von einem anderen Mann ein Kind machen lassen?»

Lea schüttelte den Kopf.

«Das war nicht beabsichtigt. Ich war mir sicher, dass Max der Vater ist ...»

Sie hatten aber, allem Anschein nach, auch noch mit einem anderen Mann Kontakt ...»

«Mutu ist mein Ex-Freund. Ich habe ihn in den Ferien in Kenia kennengelernt. Wir haben uns getrennt, bevor ich hierhergezogen bin. Vor neun Monaten stand er eines Abends plötzlich vor der Tür. Er wollte noch einmal Abschied nehmen. Danach habe ich nie mehr etwas von ihm gehört. Kurze Zeit später habe ich Max getroffen, und mich in ihn verliebt. Ich war mir ganz sicher, dass er der Vater ist.»

«Und die Frau mit dem Buben?»

«Das war Maxs Frau und sein Sohn.»

Maja schüttelte den Kopf.

«Sie haben sich in einen verheirateten Mann verliebt, der glaubt, dass sie von ihm ein Kind bekommen? Und seine Frau? Was sagt die dazu?»

«Sie kann damit umgehen, sagt sie. Vielleicht, weil sie einen Freund hat. Er ist auch verheiratet, hat zwei süsse Mädchen, und seine Frau hat ebenfalls keine Probleme damit, dass er ab und zu eine andere Frau besucht ...»

Maja hatte geglaubt, dass sie in den dreissig Jahren, in denen sie auf der Geburtenabteilung gearbeitet hatte, schon alles gesehen, gehört und erlebt hatte, was die Lebensgeschichte frisch gebackener Mütter und ihrer Nachkommen ausmachte. Doch scheinbar hatte sie sich geirrt.


Es klopfte, die Tür ging auf. Herein trat, mit einem riesigen Blumenstrauss, Frau Keller, die Religionslehrerin.

«Hallo Frau Lehner. Ich freue mich so für sie. Und auch für den Vater ... Ach, wie süss! Da ist ja die kleine Prinzessin ... Oh je ...»

Einen Tag später sass Marie Keller zum zweiten Mal bei Ida in der Küche.

«Das Kind ist nicht von Max, Marie», seufzte Ida. «Lea hat uns alle zum Narren gehalten.»

«Nein, das hat sie nicht, auf jeden Fall nicht mit Absicht. Maja, ihre Betreuerin, hat mir erzählt, was geschehen ist.»

«Ok, Marie. Ich werde es Max erzählen, aber jetzt zu deinem Problem. Wie kann ich dir helfen?»

Marie fiel es nicht leicht. Ging es doch nicht nur um eine rein platonische Liebe, die sie problemlos mit ihrem Glauben hätte vereinbaren können.

«Dieser Mann hat in mir ein brennendes Verlangen ausgelöst, wie ich es mir nie hätte vorstellen können. Ich weiss nicht, wie ich das auf Dauer aushalten soll ...»

Der schmale Weg, dem Marie seit dreissig Jahren folgte, konnte das, was in ihr wachgeworden oder losgebrochen war, nicht aufnehmen. Verzweifelt versuchte sie, die überwältigenden Gefühle einzudämmen. Vergebens. Sie liessen sich weder kontrollieren noch lenken. Wie ein wilder Bergbach, der sich mit Gewalt eine ihm gemässe Form schafft, rissen sie jede moralische Mauer nieder.

«Marie», sagte Ida, «du musst dich entscheiden. Zwischen dem, was dein Herz begehrt und dem, was dein Glaube dir verbietet. Und das, was für dich bis jetzt Sünde war, annehmen als etwas, das gottgewollt dein Bewusstsein erweitert.»

VII

Dass Leas Kind von einem anderen Mann gezeugt worden war, bevor sie ihn kennengelernt hatte, hätte einen anderen Mann vielleicht besänftigt, nicht aber Max.

Er fühlte sich hintergangen, betrogen, war verletzt, beleidigt, empört, sann auf Rache ...

Mit Ida sprach er nur noch das Nötigste. Und auch Michi bekam seinen Grimm zu spüren.

Als Lars wieder gesund war, hatte Max keinen Job mehr, was seine Stimmung nicht verbesserte.

Eines Tages erschien er unangemeldet in der Physiotherapie und verlangte von Thomas, ab sofort, seine Frau in Ruhe zu lassen. Und auch Ida lernte ihren Mann neu kennen.

«Ich bin fertig mit Lea, also bis du es auch mit Thomas!», brüllte er. Ida erschrak und jammerte unter Tränen: «Aber Maxi, du weisst doch, dass ich nur dich wirklich liebe!»

# VIII

Frau Kellers Kampf zwischen ihrem Gewissen und dem, was in ihrem Herzen brannte, wurde beendet, als sie eines Tages auf dem Nachhauseweg vom Religionsunterricht mit dem Velo auf der Motorhaube eines Autos landete. Als sie zu sich kam, lag sie in den Armen eines Mannes, in denen sie sich wunderbar geborgen fühlte.

«Ich bin der Notarzt. Bitte legen sie das Unfallopfer jetzt hier auf die Decke, wir kümmern uns um die Verletzte», befahl eine Stimme. Doch der Mann, der Marie in den Armen hielt, wollte sie nicht loslassen.

«Bitte! Tun sie, was ich sage!», bat der Arzt.

Als sie endlich sanft auf die Decke gelegt wurde und die Augen öffnete, lies ein Glücksgefühl ihr Herz vor Freude beben. Er war es. Der Mann aus ihrem Traum. Der Mann, der ihr geholfen hatte, sich, durch das Betrachten eines Gemäldes, für die Liebe zu öffnen.

«Der Kuss, Markus ...», flüsterte Marie.

«Der Kuss ...»

Markus lächelte, beugte sich nieder und küsste die Religionslehrerin, bis der Notarzt rief: «Genug jetzt, Herr Pfarrer, die arme Frau bekommt ja keine Luft mehr!»

Lea verzichtete auf eine kirchliche Taufe. Sie liess ihr Mädchen auf den Namen Nuria, die Lichttragende, ins Geburtenregister der Gemeinde eintragen.

Nach einem Monat stand sie wieder vor ihrer Klasse. Als Erstes zeigte sie den Kindern ein paar Fotos von ihrem Mädchen.

«Werden sie den Vater von Nuria heiraten?»

«Nein, Anouk, das werde ich nicht.»

«Wieso nicht?»

«Weil ich mich von ihm getrennt habe.»

«Und warum haben sie das getan?»

«Weil er aus Afrika kommt und schwarz ist, hat mein Papa gesagt! Weil denen kann man nicht trauen, die sind böse!», rief Michi.

Lea wurde plötzlich sehr traurig.

«Nein, Kinder. Menschen sind nicht böse, weil sie eine andere Hautfarbe haben oder aus einem fremden Land kommen. Es gibt überall auf der Welt gute und böse Menschen.»

«Für Gott spielt das keine Rolle, er liebt alle genau gleich viel, ganz egal, was Schlimmes sie gemacht haben, weil er muss das einfach, das haben sie doch gesagt, Frau Lehner, oder nicht?», rief Michi mit glänzenden Augen.

«Ja, Michi, das habe ich gesagt. Gott kann das, weil er eben kein Mensch ist. Er wertet nicht, er liebt einfach.»

«Schade, dass mein Papa nicht so ist! Denn dann hätte ich jetzt ein Schwesterchen», klagte Michi.

Die Kinder lachten.

«Dein Vater?», rief ein Mädchen. «Der ist ganz sicher nicht so wie Gott, weil sonst hätte er nicht Streit mit seinem Chef gehabt und gemacht, dass Lars seine Familie verliert! Und auch nicht etwas mit unserer Lehrerin angefangen ... Mein Papa hat gesagt, er ist ein Charakterlump!»

«Ciara! So etwas darfst du nicht sagen», wies Lea das Mädchen zurecht.

«Genau!», rief Michi.

«Dein Papa ist nämlich gar nicht besser. Er hat an der Fasnacht versucht, meine Mama zu ...»

«Stopp! Stopp!», rief Lea, weil sie befürchtete, dass Michi wieder etwas sagen würde, was die Kinder nicht wissen mussten.

Michi verstand und wechselte das Thema.

«Frau Lehner, mein Papa ist so anders, seit er nur noch Mama hat, und ich habe keine Schwester, das ist doch doof, oder?»

«Ja, Michi, du hast recht. Ich denke auch, dass das doof ist. Vielleicht kannst du das deinem Papa heute Abend mitteilen ...»

X

Max, Ida und Michi beim Abendessen.

Max löffelt mit gesenktem Kopf die Suppe in sich hinein.

«Papa, Frau Lehner hat gesagt, sie findet es doof, dass du nur noch Mama hast ...»

Max lässt den Löffel sinken. Ida schaut verdutzt ihren Buben an.

«Aber Michi ...»

«Ich habe ihr gesagt, dass du anders bist, seit sie nicht mehr deine Freundin ist, und sie findet es doof, dass du Nuria nicht magst, nur weil sie schwarz ist und von einem anderen Mann ...»

Bevor Max sich fassen kann, fährt Michi fort: «Weil, der liebe Gott, der ist nicht so, der liebt immer alle Menschen, ganz egal, was sie gemacht haben, und auch alle Kinder, egal, von wo sie kommen. Und dann hat die Ciara gesagt, ihr Papa hat gesagt, du bist ein Charakterlump, weil du deine Arbeit verloren hast und Lars Familie kaputt gemacht hast. Aber keine Angst, Gott liebt dich auch so, weil für ihn spielt es keine Rolle, was jemand angestellt hat, hat Frau Lehner gesagt und auch Frau Keller.»

Max schaut Ida an, Ida Max.

«Michi hat recht, du hast dich verändert, Max. Ich denke, wir sollten eine Lösung finden.»

«Schlaf gut und träum schön», flüsterte Ida Michi ins Ohr, als sie ihm einen Gutenachtkuss gab.

Michi schlang die Arme um ihren Nacken und fragte: «Wieso kommt Thomas nicht mehr auf Besuch? Mag Papa ihn auch nicht mehr, so wie Frau Lehner und Nuria?»

Ida setzte sich zu ihrem Mann auf die Couch.

«Wir müssen reden, Max!»

«Reden?», knurrte Max und zappte weiter durch die Sender.

«Genau! Und zwar jetzt!»

Ida nahm ihm die Fernbedienung aus der Hand.

«Seit Lea ihr Mädchen bekommen hat, bist du nicht mehr derselbe. Du verkriechst dich in der Garage, läufst stundenlang durch den Wald und gehst auch nicht mehr in den Löwen. So geht es nicht mehr weiter, Max! Du bist nicht glücklich, ich nicht und Michi ohnehin nicht. Und das alles nur, weil du nicht akzeptieren kannst, dass Lea von einem anderen Mann ein Kind bekommen hat. Sie konnte nicht wissen, dass nicht du der Vater bist, weil sie dich erst eine Woche nach dem letzten Besuch von Mutu kennengelernt hat! Sie hat dich also nicht betrogen. Verstehst du das?»

Max schloss die Augen und startete ein Erinnerungs-Video auf seinem inneren Bildschirm.

*Die erste Begegnung mit Lea im Löwen. Die Ohrfeige am Fluss. Die Begegnung im Schulzimmer. Die Teilung der Beute. Das zweite Treffen. Der Hüftwurf auf den Schulzimmerboden. Ihre blitzenden Augen, die aufrichtige Entrüstung.*

Ida hatte recht. Lea hatte es nicht gewusst, höchstens befürchtet, vielleicht.

Max öffnete die Augen, zog Ida zu sich auf die Couch ... Seine Stimme klang ungewohnt weich ...

«Es tut mir leid! Michi hat recht. Es war doof von mir, Lea zu verurteilen. Ich vermisse sie, will aber auch dich nicht verlieren, dich und Michi. Ihr seid meine Familie. Verstehst du das?»

Lea fuhr mit der Hand durch die dichten, schwarzen Haare ihres Mannes, küsste ihn.

«Natürlich verstehe ich das, Maxi. Ich schlage vor, wir machen weiter wie vor Nurias Geburt. Du besuchst, sooft du magst, Lea mit ihrer Tochter, und ich lasse mich, wie es mir beliebt, von Thomas verwöhnen. Einverstanden?»

«Wenn es sein muss!», knurrte Max, riss seine Frau von der Couch hoch, nahm sie auf die Arme, trug sie die Treppe hinauf ins Schlafzimmer, liess sie aufs Bett fallen und fiel über sie her wie ein ausgehungertes Raubtier.

Michi wachte auf und horchte in die Dunkelheit. Er stieg aus dem Bett und öffnete einen Spaltbreit die Tür zum Schlafzimmer seiner Eltern ... Stöhnen, Kampfgetümmel ... Kopfschüttelnd lief er zurück in sein Zimmer, legte sich ins Bett und schlief schnell wieder ein.

Am nächsten Morgen. Auf dem Weg zur Schule trifft Michi auf Anouk.

«Und? Wie gehts deinem Papa, so ohne Frau Lehner?», fragt Anouk neugierig.

Michi tschuttet einen Kieselstein ins Gebüsch.

«Och, ganz gut. Er und Mama haben letzte Nacht wieder einmal gekämpft ...»

«Du meinst, sie haben Liebe gemacht?»

«Ja, aber diesmal war Papa stärker. Er sass oben und Mama lag unten. Vielleicht weiss Frau Lehner, was das zu bedeutet hat ...»

ENDE